藏在名句里的诗词密码

常迎春 著

小林 插画

中国青年出版社

目录

人生感怀

赠别酬答

怀古咏史

佳节思绪

励志格言

成语源头

序言

2020 年，新冠肺炎疫情改变了整个世界。如果用一首诗来形容这一年，我大概会选李白的《行路难》——"欲渡黄河冰塞川，将登太行雪满山。"对很多人来说，这是艰难的一年，因此，我在这样的背景下写作《藏在名句里的诗词密码》，重温这些深深影响了我的诗句，内心的感触是复杂和深沉的。

我对诗词产生兴趣，大概是在上初中时，当时我有一位朋友，她眉目俊秀，举止娴雅，思想也比我成熟许多。在我还是一个对感情一片懵懂的小女孩时，她已经可以饱含深情地诵读古诗词——"莫道不消魂，帘卷西风，人比黄花瘦。""此情无计可消除，才下眉头，却上心头。"我其实不懂这些诗词写的是什么，但我觉得她吟诵诗词的声音和样子都很美，像一幅沉静隽永的画。正是在她的"启蒙"下，我开始接触诗词，每天都在本子上写写画画，模仿她的样子诵读。

高中时，我迷上了《红楼梦》，尤其痴迷里面的诗词。于是，我的摘抄本上出现了林黛玉的《葬花词》《唐多令·柳絮》《秋窗风雨夕》，出现了薛宝钗的《临江仙·柳絮》《螃蟹咏》，出现了《红楼梦》里长长短短的诗句。那时，我是多愁善感的，与此同时，内心也有一种莫可名状的美好。

高三时，我仍在摘抄诗词，但范围已不局限于《红楼梦》。我大段大段地抄写《长恨歌》《春江花月夜》，还喜欢上了情

调悲伤的诗。高三的氛围是压抑的，那些悲伤的诗歌就成了我宣泄情绪的出口。春天，泡桐树开花后，满园青紫。当紫色的花朵从高高的枝头打着旋落下，我就在树下忧伤地想起杜牧的诗："日暮东风怨啼鸟，落花犹似坠楼人。"秋天，西风萧瑟，我的心情也是凄凉的，踩着沙沙作响的落叶，望着天边缓缓坠下的夕阳，我就在心里默默品味杜甫的诗："无边落木萧萧下，不尽长江滚滚来。"如果说青春是惆怅、迷惘的，那么安放这青春之怅惘的正是诗歌。

进入大学后，我对诗词的喜爱达到了巅峰，每天都活在诗词营造的幻梦里，睁眼，是"情不知所起，一往而深"；闭眼，是"庄生晓梦迷蝴蝶，望帝春心托杜鹃"……那种如痴如醉、亦真亦幻的痴狂状态，走出青春后，我再没有过此般体验。

时隔多年，回顾往昔，我发现，这不是我一个人独有的经历。事实上，年轻人爱诗是一种普遍的本能。诗展现的是灵魂无限广阔的可能性，而青春期正是人生最富幻想、可能性最多、最爱浪漫的阶段。

当然，诗词对我的影响不只是让心灵变得敏感，更为心灵注入一种坚韧、踏实的力量。当了解到杜甫在自己饭都吃不饱的情况下还忧国忧民，关怀国家的命运和前途时，我读懂了"却看妻子愁何在，漫卷诗书喜欲狂"的快乐；当了解到白居易冒着被政敌诋毁、陷害的风险，依然铁骨铮铮，写诗批判朝政时，我读懂了"可怜身上衣正单，心忧炭贱愿天寒"的悲悯。2020 年，当全世界都因为新冠肺炎疫情而陷入水深火热时，来自遥远异邦的寄语："山川异域，风月同天""岂曰无衣，与子同裳""青山一道同云雨，明月何曾是两乡"……让我在重温古汉语的美

好的同时，也感受到隔阂的消融，收获了暖意与清凉。

因此，诗词从来不是"象牙塔"，不是"空中楼阁"，而是坚实大地上盛开的花，是扎根于生活的泥土，从泥土中生长出来的诗意。那么，我们今天该怎样读诗词？诗词对我们又意味着什么？

第一，我提倡在当下的生活场景里读诗。诗词虽然完成于古代，反映的是古代的生活场景，但我们当下的生活，也处处都有古代的影子，也同样不乏诗词的意境，可以留心寻找。比如，夏天公园里的荷花开了，是不是可以回想一下课本上学过的诗句？——"小荷才露尖尖角，早有蜻蜓立上头""接天莲叶无穷碧，映日荷花别样红"。比如，出门旅行，来到杭州西湖边上，是不是可以留心一下有关西湖的诗文？——"欲把西湖比西子，淡妆浓抹总相宜""雾凇沆砀，天与云与山与水，上下一白。湖上影子，惟长堤一痕、湖心亭一点，与余舟一芥、舟中人两三粒而已"（明代张岱《湖心亭看雪》）。诗歌是对生活的重新发现，读万卷书，行万里路，将诗词与生活联系起来，让它变成鲜活的生命体验，这才是诗词的正确打开方式。

第二，我建议回到古人的生活现场去读诗。古人和今人生活的场景有很大的变化，然而，人性从古至今却变化不大。因此，读诗词时，不妨设身处地代入诗人的处境，以沉浸式的体验来读诗，从而对诗人有全面的理解，对人性有更深的体察。比如，以前读纳兰性德那首著名的《木兰花令·拟古决绝词》："人生若只如初见，何事秋风悲画扇。"我只把它当成一首普通的爱情词、怨情词来读，直到我了解了纳兰性德的生平，知道"馆选失败"对他理想、信念的打击，我才明白：这首词并不是单

纯的爱情词，而是寄托着深深的人生失意的隐喻词，词中负心的情郎、被抛弃的女子，都是有象征意味的，代表了冷落自己的君王和理想幻灭的人生。因此，当下大语文教育提倡"知人论世"是有其深刻道理的。"知人论世"要求的正是让学生在读懂字面意思的基础上，全面了解作者生平，从而更好地把握作品的深层内涵。

第三，我建议大家多发声去诵读诗词，从而更好地领略诗词的音乐美。大家都知道，中国诗歌在诞生之初，是和音乐紧密相关的。《诗经·国风》最早采集的是周朝各地的民谣，这些民谣是能唱的；词在刚兴起的时候，是歌曲的歌词，也是可以倚声歌唱的。只是随着诗词的发展，它们渐渐更具文学性，而与音乐分道扬镳，这才慢慢变成了只能诵读、书写的文本。不过，诗人作诗、填词仍要遵循一定的韵律规则，这些规则让诗词依然不失音乐的律动和美感。因此，养成诵读的习惯，可以更好地感受古诗词的魅力。

此外，对于想要学好古诗文、提高语文成绩的学生朋友，我的建议是可以多背诵名篇佳作。无论你是想考个好成绩，还是单纯想多了解中国的传统文化，都离不开一定量的知识储备和文学积累，而储备和积累，没有太多捷径，就是读、背，一个知识点、一个知识点地慢慢掌握。记得读大学时，为了更好地学习《论语》，我把《论语》从头到尾读了三遍，其中还手抄了一遍。这种"笨功夫"看似费力不讨好，但多年后才显出真优势。毕业后参加了工作，曾经泛览过的很多书的内容都忘掉了，只有《论语》里的句子，很多我还能背下来。

学习诗词道理也一样。我在《青年文摘·彩版》杂志上撰

写原创诗词鉴赏专栏"名句的出身",已经坚持了12年,写过的诗词近300首,且少有重复,别人问我是怎么做到的?我常开玩笑回答:"我脑子里有个诗词数据库啊!"而之所以能建立这样一个"数据库",也没什么神奇的,就是一首诗、一首诗背、记,平时读书、看杂志也会留心,只要看到好的诗词、句子,就随手摘录下来,存在"数据库"里,年深日久,也就颇具规模了。

因此,诗词学习并不难,慢慢积累就有收获;诗词学习也非常值得,可以帮你开启诗意的大门,领略更多人生风景,提高修养和心灵境界。而且我看到,当下在B站等年轻人聚集的网络平台上,很多人创作了很多有意思的"古风音乐""古风舞蹈""古风漫画",表达他们对传统文化的喜爱,我觉得十分欣慰。虽然这样的"古风"和真正的"古风"有出入,不过,融入现代元素的"古风"更符合现代人的审美,也不失为一种艺术的创新。而学好传统文化知识,打牢根基,再加上年轻人活跃的创造力,我相信古老的传统一定会焕发勃勃的生机。

最后,本书能够顺利出版,我要特别感谢中国青年出版社的刘霜老师、青年文摘杂志社的杨润秋主编、本书特约编辑周玲老师、朋友孙建立!感谢她们为本书的出版提供了机会,做了大量细致而辛苦的工作。至于本人,才疏学浅,深感惭愧,书中若有舛误之处,欢迎读者朋友们批评、指正,来信商榷请发至电子邮箱:2726924880@qq.com,再表感谢!

常迎春
2021 年 6 月 20 日北京

写景
状物

仰观宇宙之大，
俯察品类之盛。

——晋·王羲之《兰亭集序》

名句

> 山路元无雨，空翠湿人衣。

山 中

唐·王维

荆溪白石出，天寒红叶稀。
山路元无雨，空翠湿人衣。

注释

元：原，本来。
空翠：山间青翠的雾气。

译文

荆溪变浅了，溪中的白石露了出来；天气变冷了，山中的红叶也日渐稀少。

山路上原本没有雨，是山间青翠的雾气润湿了人的衣裳。

点评

描写山中秋色的诗，我们都很熟悉杜牧的《山行》：

> 远上寒山石径斜，白云生处有人家。
>
> 停车坐爱枫林晚，霜叶红于二月花。

清代刘邦彦认为此诗"妙在冷落中寻出佳景"；清代黄叔灿也认为此诗"景色幽邃，而致也豪荡"，就是说，景色写得深沉

幽远，感情却很豪迈。这确实是杜牧的特点，豪放不羁，才气纵横，喜欢发非常之论，不喜欢循规蹈矩，因此，文人常有的"悲秋"之叹，在他笔下就变成了"霜叶红于二月花"，有了昂扬向上的气概。

不过，写"不悲之秋"并不是杜牧的专利，唐代诗人刘禹锡的《秋词》，也写得激越豪迈，让人读罢精神为之一振：

> 自古逢秋悲寂寥，我言秋日胜春朝。
>
> 晴空一鹤排云上，便引诗情到碧霄。

同样的，王维这首《山中》，虽不是走"豪放路线"，但也静谧安宁，毫无悲凄之意，是另类的"秋词"。

王维有"诗佛"之称，这个称号一方面是指他的思想有亲近佛教的倾向；另一方面是指他的诗风空灵、幽寂，富有禅意，在山水田园诗上尤其突出。

天宝三载（744），王维在长安附近的蓝田县营建了一座别墅，这就是著名的"辋川别业"。辋川别业位于辋川山谷谷口，本来是诗人宋之问的山庄，多年无人居住。王维买下这座荒凉的别墅后，精心修建，将其打造成一座美丽的自然园林。休官间隙，他闲居于此，和朋友裴迪往来唱和、修道参禅，过着自在安宁的生活，《山中》一诗就作于这一时期。

荆溪是源于蓝田西南秦岭的一条溪流，向北经长安注入灞（bà）水。荆溪里的水变浅了，平时隐藏在溪水下的白色石头就显露出来；天气日渐寒冷，山中的树木纷纷凋零，红叶就变得稀少。通过这样的描述，我们不难看出时令已为秋末冬初。不过，落叶的树木虽然多已凋谢，但辋川山中还有很多经冬不凋的

常绿乔木，如松树、柏树等，它们仍茂盛地生长着，将寒山笼罩在翠色之中。这翠色不仅明丽，而且轻盈润泽，有水的质地，以至人在山中行走时，山路上本来没有下雨，衣服却仿佛被空明的翠色润湿了。

这首诗短短四句，勾勒出一幅色彩斑斓的秋山行旅图，于宁谧之中透露出悠远的禅意。"山路元无雨，空翠湿人衣"，用富有想象力的隐喻，传达了一种诗意的感受，与唐代张旭的"纵使晴明无雨色，入云深处亦沾衣"有异曲同工之妙。宋代文豪苏轼因此在王维所画的《蓝田烟雨图》上题写了这首诗，并评论道："味摩诘之诗，诗中有画；观摩诘之画，画中有诗。"这就是"诗中有画，画中有诗"的出处。

提分秘笈

可以对照着学习张旭的《山中留客》：

> 山光物态弄春晖，莫为轻阴便拟归。
> 纵使晴明无雨色，入云深处亦沾衣。

这是一首挽留客人的可爱小诗：山里的春光变化万千，你不要一看有点阴云便想回家。要知道这山里啊，纵然是晴朗无雨的天气，登高步入白云深处，也会沾上云雾的湿气。意思和王维的《山中》不同，但悠远婉转的情味却相似。

王维（701—761），字摩诘，号摩诘居士，山西永济人，唐代诗人、画家、书法家。王维最杰出的代表作是山水田园诗，与孟浩然合称"王孟"。他笃信佛教，诗风空灵、有禅意，因而有"诗佛"的称号。宋代文学家苏轼总结他的艺术风格："诗中有画，画中有诗。"

名句

江碧鸟逾白，山青花欲燃。

绝句二首·其二

唐·杜甫

江碧鸟逾白，山青花欲燃。
今春看又过，何日是归年？

注释

逾：更加。

译文

江水越绿，江上的飞鸟就显得越白；山越青葱，花就像燃烧的火焰，显得越红。

这个春天眼看又要过去了，什么时候我才能返回故乡？

点评

在小学课本里，我们都学过杜甫的《绝句》：

迟日江山丽，春风花草香。
泥融飞燕子，沙暖睡鸳鸯。

这首诗把春天山河秀丽、草木萌发、莺飞燕舞的美好画卷呈现在我们面前。大家可能不知道，在名为《绝句》的题目下面，

其实还有一首诗，与课本里这首为同一组诗，这就是《绝句二首·其二》。

这首诗的结构非常简单，前两句写景，后两句抒情，同时，写景的两句又是对仗的形式。"江碧鸟逾白"，春天由于气温升高，水中的藻类大量繁殖，使水的颜色变绿，如同碧玉一般，这就是"江碧"。白居易《忆江南》中有"春来江水绿如蓝"，韦庄《菩萨蛮》中有"春水碧于天"，描述的都是这个自然现象。而在碧绿的江上翻飞的白鸟是什么呢？可能是觅食的江鸥。杜甫在《客至》里写过"舍南舍北皆春水，但见群鸥日日来"，江鸥的羽毛正是如雪的白色。

"山青花欲燃"里的"青"字是一个内涵很丰富的颜色：在彩虹"赤、橙、黄、绿、青、蓝、紫"的色谱中，它是介于绿色和蓝色之间的颜色；在"青出于蓝而胜于蓝"中，它是介于蓝色和紫色之间的靛蓝色；在"朝如青丝暮成雪"中，它代表的是黑色；而在"青青河畔草"中，它又代表绿色。

那么，这里的青色应该是什么颜色呢？应该是一种深绿色。这首诗作于暮春，暮春时节，山上的树和草长得茂盛葱茏，会呈现出较深的绿色，这就是"山青"。而那像火一样燃烧的花朵，自然应该是大红色。

有色彩学知识的人都知道，绿色和白色搭配，会显得更加清新、干净；而绿色和红色搭配，会更加鲜明、亮丽，具有视觉冲击力。因此，杜甫这一联诗写得非常漂亮，色彩搭配赏心悦目，读罢眼前就浮现出春天生机勃勃的画面。

春色如此鲜艳美好，但诗的后两句却让我们感到一种强烈的惆怅：这个春天眼看就要过去了，什么时候我才能重返家乡

呢？诗人为什么会有这样的情感？这需要了解一下这首诗的创作背景。

这首诗作于广德二年（764）暮春，当时杜甫身处四川成都。天宝十四载（755）爆发的安史之乱改写了大唐帝国的命运，也改写了李白、杜甫等无数诗人的命运。在安史之乱爆发后，杜甫在唐肃宗一朝短暂地担任了左拾遗一职，也就是监察部门的小官，因为营救获罪的朋友房琯，他受到牵连，很快被贬，之后，过着流离失所的生活，靠亲友接济才能勉强度日。

乾元二年（759）冬，杜甫辗转来到成都，在朋友严武等人的帮助下，在城西浣花溪畔建成草堂，居住下来，这就是后世所称的"杜甫草堂"。杜甫在蜀地待了五六年时间，一直过着寄人篱下的生活，甚至从未摆脱饥饿的威胁。然而，居于蜀地，毕竟避开了战火的侵扰，诗人还是稍稍得到了喘息。因此，他的笔下出现了不少浣花溪畔、草堂篱舍如诗如画的风景，诗中也不时流露出惬意的心情。"江碧鸟逾白，山青花欲燃"，描写的正是诗人从草堂望出去，看到的美丽春色。

不过，诗人并未忘记国家的危难和人民的艰辛，对于上一年刚刚收复的河南故土，他思念万分，哪怕在成都生活还算安稳，他也无时无刻不想回去，这就是他隔着千山万水感叹"何日是归年"的原因。

这首诗中的名句"江碧鸟逾白，山青花欲燃"，醒目、亮丽，有典型的"以诗为画"的特点，如精心绘就的丹青，让我们在咏叹诗的如歌韵律的同时，也流连于画的鲜明色彩与光亮质地。

提分秘笈

可以对比来读杜甫的另一首《绝句》：

两个黄鹂鸣翠柳，一行白鹭上青天。

窗含西岭千秋雪，门泊东吴万里船。

"黄""翠""白""青"是色彩的对比，明媚、艳丽；"黄鹂""翠柳""白鹭""青天""窗含雪""门泊船"，是构图的变化——从点到线，从线到面，从面到体，层次鲜明，造型立体，非常生动。这首诗可以说把视觉之美发挥到了极致。

杜甫（712—770），字子美，号少陵野老，河南巩义人，唐代著名现实主义诗人，与李白合称"李杜"。杜甫一生困窘，却始终心系苍生、胸怀国事，用诗歌观照现实、记录历史、抒写深情。他被后人尊称为"诗圣"，他的诗被称为"诗史"。

名句

星垂平野阔，月涌大江流。

旅夜书怀

唐·杜甫

细草微风岸，危樯独夜舟。
星垂平野阔，月涌大江流。
名岂文章著，官应老病休。
飘飘何所似，天地一沙鸥。

注释

细草：春天刚刚萌芽的小草。

危樯（qiáng）：高高的船帆。

文章著：因文章而出名。

译文

小草吹拂着微风生长在江畔，江上是一条高扬着风帆夜间独行的小船。

星空低垂，平野开阔，月光涌现，大江奔流。

我怎能因为文章而出名？做官本应做到又老又病才止休。

这样飘飘荡荡像什么啊？不正像天地间一只孤独的沙鸥？

点评

我们在课本里都学过李白的《渡荆门送别》：

渡远荆门外，来从楚国游。

山随平野尽，江入大荒流。

月下飞天镜，云生结海楼。

仍怜故乡水，万里送行舟。

这首诗里的名句"山随平野尽，江入大荒流"，我们非常熟悉。事实上，杜甫在《旅夜书怀》中也写过相似的名句："星垂平野阔，月涌大江流。"要让这两位诗人一较高下，还真是难分伯仲——就场景而言，都有辽阔的原野、浩荡的江河；就气象而言，都雄浑壮丽、非同凡响。不过，如果细品这两首诗，两位诗人的风格、气质还是有很大不同。

李白的《渡荆门送别》作于他人生的早年，那时他二十岁左右，正是风华正茂的年龄，《渡荆门送别》是他离开家乡蜀地，轻舟东下，"南穷苍梧，东涉溟海"的一次壮游。因此，这首诗充满意气风发的少年气，让人一读就能领略"诗仙"雄奇的想象和飘逸的诗兴。与此相反，杜甫这首《旅夜书怀》，却作于其垂暮之年，此时的他穷困潦倒，疾病缠身，理想化为泡影，因而诗中又是另一种人生况味。

《旅夜书怀》的具体创作时间，前人多认为是唐代宗永泰元年（765）。此年，杜甫的朋友严武去世，漂泊于蜀地的杜甫失去依靠，因此携家东下，来到忠州（今重庆忠县）。有人认为这首诗就作于忠州。不过，日本学者松原朗提出："星垂平野阔，月涌大江流"的景色描写与忠州的峡谷地貌不符，更像长江中下

游的地貌特征。他认为此诗很有可能作于大历三年（768）春，此时，杜甫离开夔州（今重庆奉节），穿过三峡，正坐在前往江陵（今属湖北）的船上。

《旅夜书怀》是首典型的杜诗，充分体现了杜甫诗歌"沉郁顿挫"的特点。我们都知道，每个诗人都有代表性的风格。比如，说到李白，不能少了"清新飘逸"；说到李商隐，不能不提"深情绵邈"；而说到杜甫，则经常会说"沉郁顿挫"。所谓"沉郁"，是指诗的思想深沉蕴藉；所谓"顿挫"，则是指诗的节奏一唱三叹、起伏跌宕。

首联"细草微风岸"，春天新生的小草连绵于江岸，在和煦的微风中轻轻摇动，发出浅浅的声响，释放出细腻而又温柔的春的气息。由此，我们可以感受到诗人内心涌动的对于春天、对于蓬勃生命的热爱。

然而到了"危樯独夜舟"，这种心情却陡然发生了变化。在这个美好的春夜，诗人乘坐一只帆张得高高的小船，航行于江上，他为春天感动之余，也生起了深深的孤独感。其实，诗人此次东下是携家眷一起的，所以，这里的"独"指的并不是孤身一人，也不单指一条小船，而更多表达的是内心的孤单和寂寞。你看，短短一联，诗人就描述了一种无比微妙又跌宕起伏的心情，这不是"顿挫"是什么？

颔（hàn，下巴）联"星垂平野阔，月涌大江流"，诗人宕开一笔，把目光投向天地，描写了星空低垂因而更显辽阔的原野，明月涌现因而更显壮丽的江河，把此夜舟中所见的天地之大、原野之阔、星空之盛、江月之壮一一照见，这就使诗的画面有了景深。与此同时，诗人的孤独被安放在一个广阔的背景中，就显得更为

深刻、耀眼。这一联既有"沉郁"的力道,又有"顿挫"的韵致。

写完了天地、原野,颈联"名岂文章著,官应老病休",诗人又把目光收回到自己的人生和命运上。他知道自己的诗文写得好,却不以诗文为傲,相反,他认为自己不应该仅仅以诗文好著称,这就是"名岂文章著"——怎么能通过写诗文来扬名呢?

我们今天定义杜甫,说他是个诗人。其实在那个时代,杜甫自己是不会以当诗人为最高目标的。他的理想是"致君尧舜上,再使风俗淳",要在治理国家方面建功立业,这也是千百年来中国儒家士大夫的人生追求。不过,这个理想杜甫一辈子也没有实现。

安史之乱后,杜甫投奔唐肃宗,在肃宗一朝担任监察部门的小官左拾遗,世人因此称他为"杜拾遗"。不过,杜甫刚刚就任左拾遗,就因上书营救朋友房琯触怒了皇帝,很快被贬。杜甫后来又得到严武的推荐,做过检校工部员外郎,即管理户籍、账本的小官,他又因此被称为"杜工部"。这次,杜甫任职的时间更短,仅仅干了三个月。

后来,严武去世,杜甫失去了推荐、保护他的朋友,再也没有进身之阶,不得不四处漂泊,过着流离失所的生活。因此,"官应老病休"是一句牢骚语——当官本来应该当到垂老、生病时再退休的,但现在,他却早早破灭了这个梦想。

到了尾联:"飘飘何所似,天地一沙鸥。"诗人不仅感受到理想幻灭后的绝望,而且还感到彻骨的寂寞和寒冷。他把自己比作广阔天地间一只孤飞的沙鸥,飘零于人世,无枝可依,虚无而茫然。

至此,就像电影最后一个画面渐渐淡出,整首诗在一种余音

袅袅、荡气回肠的混响中慢慢结束，令人怀想，又惹人叹息。

提分秘笈

律诗是近体诗，有严格的格律要求，押韵、粘对都有规则可循。律诗通常有四联八句，这四联依次叫"首联、颔联、颈联、尾联"，其中颔联和颈联一般是要对仗的。此诗的颔联和颈联，对仗十分工整，名词对名词，动词对动词，实词对实词，虚词对虚词。这就是律诗的特点。

名句

> 天下三分明月夜，二分无赖是扬州。

忆扬州

唐·徐凝

萧娘脸下难胜泪，桃叶眉头易得愁。
天下三分明月夜，二分无赖是扬州。

注释

萧娘：女子的代称。

桃叶：也是女子的代称。

无赖：情思缠绵无奈。

译文

萧娘脸上流淌着难以承受的泪水，桃叶眉头簇拥着不易散去的哀愁。

天下明丽的月夜一分为三，其中两分都纠缠在难忘的扬州。

点评

我们在课本里都学过姜夔的词《扬州慢》，从这首词里，我们认识了一个历史名城——扬州。姜夔词中的扬州是历经战火、劫后余生的扬州，而历史上更早的扬州则是个繁华之都。

扬州地处京杭大运河与长江汇流之处，盐铁、漕运都很发达，在唐代就是天下有名的富庶之地。当时有谚语称"扬一益二"，

说的就是天下之盛，扬州第一，益州（蜀地）第二。因此，唐代有很多描写扬州之繁华的诗，比如，张祜（hù）的《纵游淮南》：

> 十里长街市井连，月明桥上看神仙。
>
> 人生只合扬州死，禅智山光好墓田。

王建的《夜看扬州市》：

> 夜市千灯照碧云，高楼红袖客纷纷。
>
> 如今不似时平日，犹自笙歌彻晓闻。

还有徐凝这首《忆扬州》。"天下三分明月夜，二分无赖是扬州"，可谓写扬州的"奇警"之句。

徐凝在历史上，不算是很著名的大诗人。他为人所知，除了这首《忆扬州》，主要是因为一场笔墨官司。我们都知道，关于庐山瀑布，最有名的诗莫过于李白的《望庐山瀑布》：

> 日照香炉生紫烟，遥看瀑布挂前川。
>
> 飞流直下三千尺，疑是银河落九天。

徐凝是中唐人，比李白晚出。他有一次游庐山，也写了一首《庐山瀑布》：

> 虚空落泉千仞直，雷奔入江不暂息。
>
> 今古长如白练飞，一条界破青山色。

这首诗写得还是不错的，从气势到想象力，都称得上佳作，即便比不上"诗仙"李白，也能排在前列。然而，宋代的苏轼游庐山，看到了徐凝这首诗，却大加贬斥，甚至写诗讥讽道：

　　帝遣银河一派垂，古来惟有谪仙词。

　　飞流溅沫知多少，不与徐凝洗恶诗。

　　"谪仙词"，自然指的是李白的《望庐山瀑布》。苏轼不仅认为写庐山瀑布写得最好的只有李白，而且把徐凝的诗评为"恶诗"，认为庐山瀑布的水再多，也洗不了徐凝的坏诗。

　　这种评论当然有失公允，事实上，在中唐，徐凝也是小有才名的诗人。他与白居易、元稹都有往来，元稹、白居易对他评价也不错。笔记小说里甚至流传着他和张祜比诗的故事，在这些故事里，他每每在诗才上压张祜一头。

　　这首《忆扬州》是徐凝写得相当动人的一首诗。题名虽曰《忆扬州》，但其实这是一首怀人诗，怀念的是一位美丽的扬州女子。

　　"萧娘脸下难胜泪，桃叶眉头易得愁。""萧娘"原指姓萧的女子，后来成为女子的泛称。"桃叶"是东晋书法家王献之的爱妾的名字。王献之非常宠爱桃叶，有一次爱妾要渡江，王献之作了一首《桃叶歌》来送她："桃叶复桃叶，渡江不用楫。但渡无所苦，我自迎接汝。"因此，诗人用"萧娘"和"桃叶"这两个典故，既作为女子的美称，也暗含一种相思的情愫。女子脸上流淌着难以承受的眼泪，眉头簇拥着不易散去的忧愁，为何如此？只因别离。女子别离的哀愁，是诗人回忆扬州时久久难忘的场景，也是他回忆扬州时感情的羁绊。

　　"天下三分明月夜，二分无赖是扬州。"这联诗最有意思之处，第一是运用了数字。南朝谢灵运曾有一句名言："天下才有一石，曹子建（曹植，字子建）独占八斗，我得一斗，天下共分一斗。"此诗中"三分""二分"的说法便是谢灵运此语的活用，非常别致。

这联诗第二个有意思之处是运用了双关语。"无赖"原指烦扰多事的人，在这首诗中则用来表达情思的缠绵无奈——我的思念，就像天下的月光一样，三分中有二分都纠缠在这位美丽的扬州女子身上。

不过，随着"天下三分明月夜，二分无赖是扬州"这两句诗的名气越来越大，甚至超越了整首诗，它们就摆脱了原来怀人的语境，成了赞美扬州的独立诗句。这个"无赖"也就取其另一重含义——"可爱"，天下三分明月夜，两分可爱在扬州。杜甫的"韦曲花无赖，家家恼杀人"，辛弃疾的"最喜小儿无赖，溪头卧剥莲蓬"，"无赖"皆是"可爱"之意。

提分秘笈

苏轼有一首《水龙吟·次韵章质夫杨花词》：

似花还似非花，也无人惜从教坠。抛家傍路，思量却是，无情有思。萦损柔肠，困酣娇眼，欲开还闭。梦随风万里，寻郎去处，又还被莺呼起。

不恨此花飞尽，恨西园，落红难缀。晓来雨过，遗踪何在？一池萍碎。春色三分，二分尘土，一分流水。细看来，不是杨花，点点是离人泪。

他虽然充满鄙视地写过"不与徐凝洗恶诗"，但在这首词中，"春色三分，二分尘土，一分流水"，明显借鉴了徐凝的写法，这不能不说是对徐凝的"致敬"。

徐凝（生卒年不详），浙江省桐庐县人，唐代诗人，有诗才，但一生不得志，其诗朴实无华、流畅自然。

名句

楚天千里清秋，水随天去秋无际。

水龙吟·登建康赏心亭

宋·辛弃疾

　　楚天千里清秋，水随天去秋无际。遥岑远目，献愁供恨，玉簪螺髻。落日楼头，断鸿声里，江南游子。把吴钩看了，栏杆拍遍，无人会，登临意。

　　休说鲈鱼堪脍，尽西风，季鹰归未？求田问舍，怕应羞见，刘郎才气。可惜流年，忧愁风雨，树犹如此！倩何人唤取，红巾翠袖，揾英雄泪？

注释

建康：今江苏省南京市。

赏心亭：位于南京市秦淮区水西门广场西侧外，是一处历史名胜，由宋代丁谓所建。

遥岑（cén）：远山。

螺髻：海螺形状的发髻。

断鸿：失群的孤雁。

吴钩：吴地制造的一种宝刀。

脍（kuài）：把鱼、肉切成薄片。

季鹰：西晋张翰字季鹰。

刘郎：三国时蜀国的君主刘备。

倩（qìng）：请。

揾（wèn）：擦拭。

译文

眺望楚地的天空，清秋绵延千里，水随天空远去，秋意漫无边际。远看天边的小山，献出愁恨，像玉簪，像螺髻。落日从城楼落下，孤雁声声如泣。我这飘零江南的游子啊，眼望我的宝刀，猛拍栏杆，没人懂，我登高远眺的心意。

不要说鲈鱼可以做成鱼脍，西风吹来，张季鹰真的甘心归乡隐居？我不能学那只知道求田问舍的许汜（sì），怕自己羞于看到刘备的才气。可惜流年不等人，风雨也含忧愁，树木尚且如此，人哪能承受！所以啊，请什么人去取来红巾翠袖，为我这失意的英雄擦去眼泪？！

点评

我们在课本上学过辛弃疾的《青玉案·元夕》，"众里寻他千百度，蓦然回首，那人却在，灯火阑珊处"，感动过无数人；也学过辛弃疾的《破阵子·为陈同甫赋壮词以寄之》，"沙场秋点兵"让很多人受到鼓舞。

辛弃疾是一位伟大的爱国词人，他的很多词都围绕"抗金大业"展开，无论是寻觅的惆怅，还是点兵的豪迈，都随着"抗金大业"的成败而起伏。这首《水龙吟·登建康赏心亭》也是一首爱国词，作于淳熙元年（1174）秋，这一年，辛弃疾三十五岁。

绍兴十年（1140），辛弃疾出生于被金军占领的山东济南，二十三岁加入起义军，从北方回归南宋朝廷。南归后，他给宋孝宗上了《美芹十论》，提出许多抗金策略，希望能够收复故土。

然而，他的意见并没有被采纳，他也一直没有受到重用，这让辛弃疾十分忧闷。因此，当他登上建康赏心亭，看到眼前的山河与秋光，百感交集，痛惜自己壮志满怀却老大无成。

这首词上阕主要写景，下阕主要抒情。

南京古代属于楚地，这里的天因此被称为"楚天"。南京城位于长江中下游平原，地势低平，在天高云淡的秋日登高远眺，可以看到很远的地方，"千里"二字，写出了视野的辽阔。"楚天千里清秋"，起得大气舒朗。

南京是水乡，河网密布，水路繁多。赏心亭底下就是秦淮河，不远处有南湖和莫愁湖，再远一些，也许还能看到长江。词人登高远望，触目皆是秋水，秋水随着高天流云蔓延到远方，把秋意也带到无边的天际。这就是"水随天去秋无际"。

词人在赏心亭看到的景色，首先是开阔的天，其次是无边的水，再往天际延伸就是小而高的山，即"遥岑"。这些小山高低起伏，让人联想到古代女子螺旋状的发髻，以及别头发的玉簪，"玉簪螺髻"是非常美的比喻。"献愁供恨"是拟人的修辞。"愁"和"恨"本来是人才有的情感，现在由人及物，让秋水远山都染上愁、恨的色彩，从而也给这首词奠定了悲壮、沉郁的基调。

接着，我们的主人公登场了。黄昏本就是容易生起迟暮之感的时刻，现在词人看着夕阳从城楼慢慢落下，听着孤雁的哀鸣一声接着一声，想到自己客居于异乡，身世飘零，孤独、凄凉感油然而生。

"吴钩"，是吴地产的宝刀。辛弃疾虽然勇武，但不一定随时随地带把刀，不停地看。因而，"吴钩"不过是一种比喻，比喻自己胸有大志，满腹才华，如同身怀宝刀。

"栏杆拍遍"是个典故，北宋有一个名叫刘孟节的人，同世俗格格不入，年轻时常常凭栏静立，怀想世事，一边想一边自言自语，想到激动的地方，就用手猛拍栏杆。辛弃疾用这个典故，是为了表明自己像刘孟节一样忧国忧民，思虑国家大事到了激愤之处，忍不住也猛拍栏杆。

只是很可惜，词人这样的心情，并没有人能理解，这就是"无人会，登临意"。

下阕几乎每一句话都有典故，这正是辛弃疾"以文为词"的特点——以写散文的手法来写词。

"休说"三句，用的是西晋张翰的典故。张翰，字季鹰，曾在齐王手下任职。他在洛阳看到秋风吹起，很思念故乡吴中的菰菜、莼羹、鲈鱼脍，说："人生最宝贵的是活得舒服，我怎么能离家千里辛苦做官只为追名逐利呢？"于是，当即把官辞了，登舟回乡。后来，人们便把对家乡的思念称为"莼鲈之思"。辛弃疾引用这个典故，一方面表达对北方故土的思念；另一方面则含有牢骚之意：我也想学张翰，把这一介小官给辞了，可这真能让人不再牵挂家国大计？

"求田问舍"三句，用的是三国陈登的典故。许汜向刘备抱怨，当年逃难时，许汜去拜访陈登，陈登完全不把他当客人，非常不礼貌，很长时间不跟他说话，还自己睡在大床上，让他睡下床。刘备听了，不客气地回答："许君您有国士之名，现在天下大乱，世人都盼着您忧国忘家，拯救大局，但您呢？只知道买房子置地，其他什么也不干，这正是陈登所忌讳的，他跟您有什么好说的？陈登对您已经够客气了，要是换了我，我打算睡在百尺高楼上，让您睡地上，岂止是上、下床的区别？"辛弃疾用这个典故，意在表明自己不会效法那些只知道升官发财、不思进取、不顾民族大义的昏庸之辈。

"可惜流年"三句，分别化用苏轼的词和东晋桓温的典故。苏轼《满庭芳》写道："思量，能几许？忧愁风雨，一半相妨。"《世说新语·言语》记载，桓温北征经过金城，看到之前他镇守琅邪时种的柳树，已经长得粗壮，感慨万千，说："木犹如此，人何以堪！（树木尚且如此，人哪能承受时光的摧折呢！）"说完，折下一根柳条，潸然泪下。这正是辛弃疾此时的感触：年华像流水一样飞逝，国家又遭风吹雨打，让人心生忧愁，感叹时光不等人。

"红巾翠袖"，分别化用李白和杜甫的诗。李白《捣衣篇》写道："摘尽庭兰不见君，红巾拭泪坐氤（yīn）氲（yūn）。"杜甫《佳人》写道："天寒翠袖薄，日暮倚修竹。"请什么人去唤来那红巾翠袖的多情女子，为我这失意的英雄拭去满眼热泪呢？"倩何人唤取"三句，是辛弃疾自伤抱负难以实现、志向无人能懂的孤愤语，与上阕"无人会，登临意"相呼应。

这首词虽然是从写景切入的，但在景物描写中寄寓了很深的身世感慨和家国忧思，"景语"清旷，而"情语"苍凉。清代陈廷焯（zhuō）评论此词："落落数语，不输王粲《登楼赋》。"

提分秘笈

中国的兵器，有一些浪漫的名称。"吴钩"是宝刀的代称。李白有诗曰："赵客缦胡缨，吴钩霜雪明。""太阿""龙泉"是宝剑的代称。南宋虞俦有诗曰："太阿自抚为知己，焦尾谁弹莫赏音。"近代秋瑾有词曰："休言女子非英物，夜夜龙泉

壁上鸣。""太阿""龙泉"二剑因为是在丰城这个地方挖掘出来的，又被称为"丰城宝剑"。唐代李峤在诗里写道："蜀郡灵槎转，丰城宝剑新。"此外，"干将""莫邪"也是两把名剑。唐代李商隐有诗曰："心铁已从干莫利，鬓丝休叹白霜垂。""干莫"就是"干将""莫邪"的简称。

辛弃疾（1140—1207），字幼安，号稼轩，山东济南人，南宋抗金将领、爱国词人，与苏轼合称"苏辛"，与李清照并称"济南二安"。他文武兼备，胸怀大志，一生以抗金复国为己任，词风熔豪放超迈和婉约柔媚于一炉，是词人中的全才。

名句

云破月来花弄影。

天仙子·水调数声持酒听

宋·张先

时为嘉禾小倅,以病眠,不赴府会。

水调数声持酒听,午醉醒来愁未醒。送春春去几时回?临晚镜,伤流景,往事后期空记省。

沙上并禽池上暝,云破月来花弄影。重重帘幕密遮灯,风不定,人初静,明日落红应满径。

注释

水调:曲调名。

嘉禾:今浙江省嘉兴市,宋代为秀州政府所在地。

倅(cuì):副手。

后期:后来的约会。

并禽:成对的鸟儿,这里指鸳鸯。

暝:日落,黄昏。

译文

手持酒杯,闲听几声《水调》曲,午醉醒来,愁绪仍伴酒意。送春归去,它几时才能再回?傍晚揽镜自照,流光易逝让人忧郁。往事如烟,和佳人的相约都无端忆起。

黄昏，沙滩上、池塘里的鸳鸯成双成对地依偎在一起。狂风吹来，月亮破云而出，花朵在月光下起舞弄影。重重帘幕密密遮住灯火，风不停，人声渐渐安静，第二天肯定有无尽落花铺满小径。

点评

我们在小学课本里学过苏轼的咏物诗《花影》：

> 重重叠叠上瑶台，几度呼童扫不开。
>
> 刚被太阳收拾去，却教明月送将来。

这首趣味盎然的小诗，把花影调皮、顽固的特点表现得非常形象。有人认为这是在暗讽王安石变法，但即便没有那么深的含义，这首诗也不失为一首诙谐、灵动、有想象力的好诗。

苏轼并非唯一咏过影子的人，事实上，和他同一时代另有一人，不仅为影子写过很多诗词，而且因为影子写得太好了，得名"张三影"，他就是北宋词人张先。

张先，字子野，吴兴（今浙江湖州）人。他比苏轼年长四十七岁，和苏轼是忘年交。张先以词著称，和柳永齐名。当时有人认为他的词比不上柳永，但也有人认为他的词格调高雅，喜欢写"俗"词的柳永比不上他。

张先的出身、家境都很好，仕途平坦，健康长寿。他和当时文坛很多名家如梅尧臣、王安石、晏殊、欧阳修、宋祁（qí）、苏轼等都有交游，诗词唱和往来稠密，留下不少文坛佳话。

张先的诗词大多表现士大夫的诗酒生活和男女爱情，清丽隽永，有很多佳句传世。当时有人送了张先一个外号，称他"张三中"，说他善于描写"心中事、眼中景、意中人"。不过，张先

自认为自己更善于写"影"，说："为何不叫我'张三影'呢？'云破月来花弄影''帘压卷花影''堕风絮无影'，这都是我的得意词句啊！"

有一次，宋祁去拜访张先，到他家门口，不说要见"张子野"，而说："我想来见'云破月来花弄影'郎中！"没想到，张先在屋里听到了，立刻迎出来说："莫非是'红杏枝头春意闹'尚书？""红杏枝头春意闹"正是宋祁《玉楼春·春景》里的著名词句。

张先不仅"影"写得好，他还为闺中女子代言，描写其恋爱中的心思，也十分细腻、别致。比如，他的《一丛花令·伤高怀远几时穷》里有这样的句子："沉恨细思，不如桃杏，犹解嫁东风。"这首词在当时盛传，欧阳修十分欣赏它，只是没见过张先。某次，张先到京城拜访欧阳修，看门人刚向欧阳修通报完，欧阳修就慌忙迎了出来，木屐都穿颠倒了，一见面劈头直言："这就是'桃杏嫁东风'郎中啊！"足见张先词的魅力。

"云破月来花弄影"可算张先最有名的词句，这句词就出自这首《天仙子》。根据词前的小序，我们可以知道这首词作于张先担任秀州签判时。签判掌管文书、档案等事，是州府长官的副手。

词的上阕描写了一段春日里的闲愁。为何说是"闲愁"呢？因为这愁没有特定的原因，既不是国恨家仇，也不是时乖命蹇（jiǎn），似乎只是生了点小病，喝了点小酒，百无聊赖中想起往日情事，无端生起的轻愁。这愁很清浅，若有似无，可有可无，不是李清照"寻寻觅觅、冷冷清清、凄凄惨惨戚戚"这样的浓愁、惨愁。

如果说上阕描写的是白天，那么下阕描写的就是夜晚。"沙

上并禽池上暝",是一个过渡,"暝"指的是黄昏、傍晚,由这句词,时间从白天进入黑夜。入夜之后,刮起了大风,因此才有"云破月来花弄影",才有"重重帘幕密遮灯",才有"明日落红应满径",层层推进,有理有情。

张先此词表达的主题和感情相当朦胧,很难归类。不过,我们能从这首词里感受到一种很美的忧伤与惆怅,它不慷慨,却余音绕梁;它不沉重,却回味悠长。"云破月来花弄影",情致旖旎,王国维在《人间词话》中评曰:"着一'弄'字而境界全出矣。"

提分秘笈

有词评家认为:张先词有句无篇。意思是说:张先的词有很多名句、金句,而整首词却未必那么好。这其实对我们写考场作文挺有启发。如果你能在文章中,尤其是开头和结局,写出一些有华彩的金句,给人留下深刻的印象,那必然是很大的加分项。因此,不妨学学张先,平时多把优美、独特的句子写入你的作文,定能斩获高分。

张先(990—1078),字子野,浙江湖州人,北宋词人。他的词多描写诗酒歌乐、男女爱情和都市生活,词风清新、细腻,有独到的意趣。

名句

何须浅碧深红色，自是花中第一流。

鹧鸪天·桂花

宋·李清照

暗淡轻黄体性柔。情疏迹远只香留。何须浅碧深红色，自是花中第一流。

梅定妒，菊应羞。画阑开处冠中秋。骚人可煞无情思，何事当年不见收。

注释

画阑（lán）：装饰有花纹的栏杆。

可煞（shà）：表示疑问，相当于可是、是不是。

何事：为何。

译文

桂花颜色暗淡，黄得轻浅，身体、性格都很温柔。她情怀疏朗，行迹淡远，只有芳香在人间驻留。她何必要像浅碧的牡丹、深红的芍药一样鲜艳夺目？她自然而然就是花中第一名流。

梅花定会忌妒她，菊花见她应该也会害羞。她在画阑边开放，艳冠中秋。诗人屈原难道是才情不够？为什么当年写《离骚》时没有把她往诗里收？

点评

2017 年高考语文全国卷 Ⅱ 的作文题，提供了若干古今经典诗文名句，让考生以其中两三句为基础，确定立意，自选角度，展开写作。李清照《鹧鸪天·桂花》里的名句"何须浅碧深红色，自是花中第一流"亦在其中。

李清照是中国文学绕不开的诗词名家。虽然经历了战乱，她的诗词、文章流传下来的不多，但她在争奇斗艳的宋代词坛中，却独树一帜，自成一家。清代李调元赞其"卓然一家，不在秦七（秦观）、黄九（黄庭坚）之下"，甚至说她"不徒俯视巾帼，直欲压倒须眉"。

李清照，号易安居士。"易安"二字，出自东晋陶渊明的《归去来兮辞》："倚南窗以寄傲，审容膝之易安。"意思是：即便身处狭窄局促的陋室，也要保持内心的从容、安定。

李清照出身书香门第，她的父亲名叫李格非，是一位博学多才、廉洁奉公的官员，文才颇得苏轼赏识，是"苏门后四学士"之一。李清照的少女时期和青年时代，生活是比较幸福的。她家境不错，受过良好的教育，年少即有才名，诗才曾受苏轼的大弟子晁补之盛赞。李清照十八岁嫁给太学生赵明诚，赵明诚的父亲赵挺之是朝廷高官，地位显赫，她和赵明诚琴瑟和鸣，婚姻美满。

然而，在北宋末年的新旧党争中，李格非和赵挺之在政治斗争中先后被罢黜。李清照和赵明诚因此来到青州（今属山东潍坊），闭门闲居多年。这首《鹧鸪天》大概就作于这一时期。

上阕"暗淡轻黄体性柔。情疏迹远只香留"两句是白描，描写了桂花的特点——色彩暗淡、体态轻柔、行迹僻远、性情淡泊，

但香味浓郁。这是一个朴素、低调的形象。

"何须浅碧深红色，自是花中第一流"两句是议论，以其他花来对比、衬托桂花的志洁品高。一般人都以牡丹、芍药为百花之冠，特别是品种稀有的碧牡丹，尤其珍贵。但在李清照眼里，她觉得桂花根本不必像"浅碧"的碧牡丹和"深红"的芍药那样张扬自夸，她低调、高洁、芬芳的品性自然而然就让她跻身一流的品位。

下阕进一步推进这层意思。"梅定妒，菊应羞。画阑开处冠中秋。"如果说，桂花傲视牡丹、芍药这种富贵却俗艳的花，是以清流邈出于俗流之上，那么，在同样属于"清流"的梅花和菊花面前，桂花一样卓尔不群。梅能傲雪，菊堪隐逸，都被喻为"花中君子"，然而，她们在桂花面前，也要忌妒她品行洁远，也要羞愧自己难以企及。"画阑"是一个不着痕迹的用典，出自唐代李贺《金铜仙人辞汉歌》："画栏桂树悬秋香，三十六宫土花碧。"

"骚人可煞无情思，何事当年不见收。""骚人"指诗人屈原。屈原著《离骚》，多载香花美草，却没有提到桂花。因此，词人大胆为桂花鸣不平：屈原是不是情思还不够精妙？不然，为什么当年没有把桂花写进《离骚》？此句立意新颖奇警，读之让人叹服。李清照在《渔家傲·天接云涛连晓雾》里自述"学诗漫有惊人句"，言之不差。

这首词里的桂花貌不惊人，却有馥郁芬芳的内美。李清照写作此词，大概也是在党争背景下生出的家风之叹。她的门第算不上显赫，然而，父祖皆有清誉，就像词里的桂花，虽然出身寒微，却志洁行廉，有君子之风。透过此词，我们可以感受到词人强烈的自矜之情。"何须浅碧深红色，自是花中第一流"，可谓傲骨铮铮。

提分秘笈

　　中国人欣赏花木，不仅欣赏花木的颜色、姿容，更欣赏花木中蕴含的人格寓意、精神力量。梅、兰、竹、菊经霜雪而不凋，有君子坚韧不拔的品格，因此被称为"四君子"。东晋大诗人陶渊明是一位品德高尚的隐士，酷爱菊花，有名句"采菊东篱下，悠然见南山"，菊花因此成为隐士的象征。莲花"出淤泥而不染"，在污浊的环境里也能洁身自好，因此成为高洁品行的象征。松树和柏树四季常青，有顽强的生命力，因此象征一种坚强的意志。孔子说："岁寒，然后知松柏之后凋也。"赞颂的正是这种品格。

　　李清照（1084—1155），号易安居士，山东济南章丘人，宋代女词人。其词前期多描写安逸的生活，后期遭遇家国之难后转向深沉的词风，多悲叹身世，感伤命运，是婉约派的重要词人。

名句

> 露重飞难进，风多响易沉。

在狱咏蝉

唐·骆宾王

西陆蝉声唱，南冠客思深。
那堪玄鬓影，来对白头吟。
露重飞难进，风多响易沉。
无人信高洁，谁为表予心。

注释

西陆：指秋天。古人认为，太阳沿着黄道自东往西运行，一日一夜走一度，三百六十五天转一周，即一年。把这一周分为东西南北四陆，经过东陆为春天，南陆为夏天，西陆为秋天，北陆为冬天。

南冠：南方楚国的帽子，这里代指囚犯。

那堪：哪堪，哪里能忍受。

玄鬓：双关语，一方面指蝉的黑色头鬓；另一方面指诗人的黑发，代表正值盛年。

白头吟：乐府曲名，传为西汉卓文君所作，倾诉被丈夫司马相如抛弃的哀怨之情。这里指诗人自伤清直却遭诬谤。

响：蝉的叫声。

沉：沉没，被掩盖。

表：表白。

予心：我的心。

译文

秋天，蝉放声歌唱；牢狱中，囚犯的愁思幽深。

哪能忍受还是黑发，就这样唱着《白头吟》？

露水湿重，飞很难飞得高；风力迅猛，响声容易埋沉。

没有人相信我品行高洁，谁替我表白我的心？

点评

我们在孩提时代，都背过骆宾王的《咏鹅》：

鹅鹅鹅，曲项向天歌。

白毛浮绿水，红掌拨清波。

这是一首动静相宜、声色俱美的咏物诗，相传作于骆宾王七岁时。而除了这首人人会背的小诗，骆宾王还有一首咏物诗，也是难以磨灭的经典，这就是《在狱咏蝉》。

骆宾王是"初唐四杰"之一，其他"三杰"分别是王勃、杨炯、卢照邻，他们在初唐的文坛上熠熠生辉。"四杰"的出身都很寒微，命运也充满波折，尤其是骆宾王，身世格外坎坷离奇。

骆宾王出生在一个下层文士之家，父祖官位不高，但饱读诗书，给他起的"宾王"这个名字，就出自《易经·观卦》："观国之光，利用宾于王。"因此，骆宾王长大后，起的字就叫"观光"。名和字连在一起，意思是说：体察民情，成为辅佐君王的栋梁。

骆宾王从小就聪颖有才，七岁即作《咏鹅》诗，被人称为"神童"。然而，这个神童想要成为"辅佐君王的栋梁"却并不容易。

一方面，他的政治起点太低了。骆宾王的父亲做过青州博昌县的县令，后来死于任上。失去父亲这个靠山之后，骆宾王的家庭就陷入了贫困，小小年纪的他不得不四处搬家，过着流离失所的生活。在初唐还很重视门第高低的政治环境下，这种贫苦的出身，极大地限制了他的进阶之路。而且他的考试运也不怎么好，多次参加科举，都以失败告终。

唐高宗永徽年间（650—655），骆宾王到道王李元庆的府中做了一名小小的幕僚。在这期间，他其实遇到过一个很好的进身机会。道王李元庆对骆宾王的才华还是颇为欣赏的，也有心提拔他，因此让他陈述自己的才能，以便给他安排官职。没想到，骆宾王却没有领道王的情，他以耻于自我炫耀为理由辞不受命，还洋洋洒洒地写了篇《自叙状》驳道王的面子，最后，这件事就不了了之了。可以说，骆宾王人生不顺利的第二个原因，跟他的性格有关，那就是个性过于狷介狂傲。

之后，骆宾王做过掌管朝会、祭祀礼仪的奉礼郎，到西域从过军，在地方军队的幕府里做过文职，都是低级官僚。仪凤三年（678），骆宾王调入朝廷为侍御史。侍御史是一个谏官，主要任务是监督官员、劝谏皇帝。这本来是一个品级很低的官职，但骆宾王却做得很认真，向当政的武则天频频上书，提了很多意见，其中不乏讽刺之言，这引起了武则天的不快。后来，武则天找了个罪名把他投进了监狱。

在监狱里，骆宾王悲愤交加，写下了著名的《在狱咏蝉》，以蝉喻己，托物言志，剖白自己的内心。诗的首联起得高远，对仗也很工整。诗人在初秋时节听到蝉的悲鸣，图（líng）圄（yǔ）之中，陡起思乡之情。

"南冠"是个典故,春秋时,郑国抓到一个名叫钟仪的俘虏献给晋国。晋景公看到钟仪,就问手下:"那个戴着南冠(楚国的帽子)被捆着的人是谁?"手下回答:"是楚国的俘虏。"晋景公便命人给钟仪松绑,然后问他的出身。钟仪回答说:"出自伶人世家。"晋景公问他是否会奏乐,他说:"这是先父的职业,怎敢不会?"晋景公就拿了把琴给他。钟仪操起琴奏起了音乐,奏的却是楚国的音乐。晋景公的大臣范文子因此劝晋景公说:"楚国的这个囚犯是君子啊。奏故土的音乐,这是不忘旧。您何不放他回去,以成晋楚之好?"于是,晋景公就放钟仪回到了楚国。

这个典故用得非常好,因为并不是任何囚犯都有资格称"南冠",只有被囚禁的君子、忠义之士,才被称为"南冠"。诗人用这个典故,表达的正是,自己有君子之德,却被诬下狱,在狱中听到蝉声,内心格外凄楚。

诗的颔联进一步推进伤感的情绪。不能忍受的是大好的盛年——"玄鬓影",却在这牢笼中作着徒劳的诗歌——"白头吟"。"白头吟"用的是西汉卓文君的典故。卓文君嫁给才子司马相如,年深日久,渐渐失宠,司马相如有了二心。于是,卓文君就给丈夫写了一首名为《白头吟》的诗,里面有"凄凄复凄凄,嫁娶不须啼。愿得一心人,白头不相离"之句,表示要跟他分手再找他人。骆宾王这里用"白头吟"的典故,既是对仗的需要,同时,也暗含和卓文君一样幽怨的心情。

如果说诗的前两联,主要是站在诗人的角度来倾吐情感,那么后两联则把视角切换到蝉的角度,通过对蝉本身的描写,把诗意推向更深处。这首诗里的蝉是秋蝉,正如庄子在《逍遥游》里写的:"朝菌不知晦朔,蟪(huì)蛄(gū)不知春秋。"说的

都是生命极其短暂的事物，蟪蛄，也是蝉的一种。蝉到了秋天，距离死亡与消逝已经不远了，正如垂暮的生命。而且，这生命是多么艰难啊！露水浓重，打湿了蝉的翅膀，让它想往上飞也很难飞高。秋风萧飒，淹没了蝉的叫声，即便它大声嘶鸣，也没有人能听到它的响声。

由此，诗的尾联直抒胸臆：没有人相信我是清白高洁的，谁替我表白自己的心呢？诗人被诬下狱，却因为官卑人微，没有人肯多看他一眼，听一听他的冤情，这不正像那"露重飞难进，风多响易沉"的秋蝉吗？

所幸，骆宾王在监狱里只待了一年，第二年就遇赦被放了出来，之后被贬到临海（今属浙江台州）。骆宾王在临海待了不久，就弃官来到扬州。在扬州，他遇到了反对武则天的徐敬业。在极端失意的心情中，他索性彻底站到了武则天的对立面。光宅元年（684），徐敬业在扬州起兵，想要推翻武则天的统治。骆宾王则成为他的艺文令，掌管文书机要，写下了千古不朽的战斗檄文《为徐敬业讨武曌（zhào）檄》。

据说，武则天刚读到这篇骂她的檄文时，完全没放在心上，读着"蛾眉不肯让人""狐媚偏能惑主"等句子，还笑嘻嘻的，直到读到文末"一抔之土未干，六尺之孤何托"，武则天才矍然大惊，问左右："这是谁写的？"左右回复说："是骆宾王。"武则天说："有这样的才华而不被重用，是宰相失职啊！"由此可见，此文的号召力和煽动性非同一般。

不过，这场起义仅维持了三个月就被镇压了下去，徐敬业兵败被杀，骆宾王也不知下落。一说在乱军中被杀死，一说投江而死，还有一种说法是隐姓埋名出家为僧，躲了起来。也许是因为

人们对这位才子充满了怜惜和同情，很多人愿意相信他并没有死去，而是流亡民间，成了一名"扫地僧"。

关于骆宾王的结局，流传着一个文坛逸事：相传诗人宋之问有一次经过杭州，夜宿灵隐寺。时值秋夜，月光皎洁，树影婆娑，宋之问在寺中漫步，突然诗兴大发，开口吟出两句诗："鹫（jiù）岭郁岧（tiáo）峣（yáo），龙宫锁寂寥。"吟完这两句诗后，他突然卡了壳，怎么也接不上下面的诗句了。正当他搜肠刮肚想句子的时候，身后佛殿里有个打坐的老僧突然开口接道："楼观沧海日，门对浙江潮。"在老僧的启发下，宋之问很快又联成十句，完成了著名诗篇《灵隐寺》。宋之问反复玩味这首诗，觉得全诗最好、最奇崛的，还是老僧所接那两句，就对老僧的身份产生了好奇。当他第二天起床想要再次寻访老僧时，老僧却不知所终，向旁人打听，旁人告诉他，那位老僧正是骆宾王。

事实上，在有唐一代，还有两首咏蝉的诗也非常有名，与骆宾王的《在狱咏蝉》不相上下，它们是早于骆宾王的虞世南和晚于骆宾王的李商隐写的同名诗《蝉》。其中，虞世南的《蝉》是这样写的：

> 垂緌饮清露，流响出疏桐。
> 居高声自远，非是藉秋风。

"垂緌（ruí）"是古人戴的帽子帽带在领下打结后下垂的部分，蝉的头部有伸出的触须，形状像下垂的冠缨，故称"垂緌"。在萧疏高耸的梧桐树上，蝉儿喝着清新的露水，清脆响亮地唱着。它是因为住得高，叫声才传播得响亮遥远，而不是借着秋风的力量，才让别人听到蝉鸣。

　　这是一首颇为清高自诩的诗，作这首诗的虞世南出身名门，声名煊赫，深受唐太宗李世民器重，被称为"德行、忠直、博学、文词、书翰"五绝。

　　这样一个地位显耀、才识过人的人，随便拎出一项技能，便能碾压众人，然而，在种种荣耀中，虞世南最看重的却是自己清高的品质。古人科学常识不够，认为蝉是不吃东西的，靠吸风饮露为生，又住在高处，因而赋予它清廉高洁的品质。梧桐树，相传是凤凰栖息的地方，也被认为是高华之木。因此，虞世南以蝉自况，以梧桐入诗，无不是在表达一种清高脱俗的自矜之情，这也是这首诗韵致高远的美妙境界。

　　而再来看比骆宾王晚出两百年的李商隐的《蝉》，则又是另一种味道：

　　　　　　本以高难饱，徒劳恨费声。

　　　　　　五更疏欲断，一树碧无情。

　　　　　　薄宦梗犹泛，故园芜已平。

　　　　　　烦君最相警，我亦举家清。

　　李商隐一生被卷入"牛李党争"的旋涡中，有志难伸，只能当一个小小的下层官僚，活得艰难、压抑。因此，他笔下的蝉，也就自然而然染上了浓重的凄郁色彩。

　　他哀叹蝉不能饱足，正是因为所居太高，只能餐风饮露；他哀叹蝉倾吐幽怨，声嘶力竭，却又徒劳无功。蝉日夜哀鸣，直到五更，声音才渐渐疏落，欲停未停；而蝉所栖依的大树，犹自绿着，无动于衷，又是那么无情。

　　颈联里的"梗犹泛"是个典故，出自《战国策·齐策》。土

偶人对桃梗说："你是东国的桃梗，把你雕刻成人形，下雨时，水流过来，把你冲走，你就会顺水漂流，这该怎么办？"后来，"梗泛"就被用来比喻漂泊不定、孤苦无依的状态。梗，即树木的枝条。

做着小小的官，像那顺水而流的桃梗一样漂泊不止；故园荒芜，无家可归，再没有栖身之处。所以啊，听着这蝉声，感谢蝉君的提醒，我决心和你一样，一家人都活得正直清白，哪怕为此遭受贫穷——这就是李商隐以蝉为喻倾吐的心声，曲折、幽愤，却又饱含坚定。

提分秘笈

这三首诗，堪称唐代文坛咏蝉诗的三绝。它们题材相同，寄寓的情感与人生况味却大异其趣。清代施补华评论这三首诗："同一《咏蝉》，虞世南'居高声自远，非是藉秋风'，是清华人语；骆宾王'露重飞难进，风多响易沉'，是患难人语；李商隐'本以高难饱，徒劳恨费声'，是牢骚人语。比兴不同如此。"

骆宾王（约626—约687），字观光，浙江义乌人，唐代诗人，与杨炯、卢照邻、王勃合称"初唐四杰"。骆宾王一生经历坎坷，颇有传奇色彩，他的诗文采高华、格律谨严，为盛唐诗歌的开先河者。

名句

> 笑篱落呼灯，世间儿女。

齐天乐·蟋蟀

宋·姜夔

丙辰岁，与张功父会饮张达可之堂。闻屋壁间蟋蟀有声，功父约予同赋，以授歌者。功父先成，辞甚美。予徘徊茉莉花间，仰见秋月，顿起幽思，寻亦得此。蟋蟀，中都呼为促织，善斗。好事者或以三二十万钱致一枚，镂象齿为楼观以贮之。

庾郎先自吟愁赋，凄凄更闻私语。露湿铜铺，苔侵石井，都是曾听伊处。哀音似诉，正思妇无眠，起寻机杼。曲曲屏山，夜凉独自甚情绪。

西窗又吹暗雨，为谁频断续，相和砧杵。候馆迎秋，离宫吊月，别有伤心无数。幽诗漫与，笑篱落呼灯，世间儿女。写入琴丝，一声声更苦。

注释

丙辰：宋宁宗庆元二年（1196）。

张功父：姜夔的朋友张镃（zī），字功父，旧字时可，与后文的张达可疑是同辈兄弟。

寻：不久。

中都：都城的泛称，这里指南宋都城临安。

致：达到，实现。这里指得到。

镂：雕刻。

楼观：楼观状的蟋蟀笼子。

贮：收藏。

铜铺：铜做的铺首。铺首是古代门上安装门环的底座。

机杼：织布机。

屏山：古人床头、床边安放的屏风，用来挡风，因曲折如山，故曰屏山。

砧（zhēn）杵（chǔ）：古代妇女用来捣衣的工具。捣衣石为砧，捣衣棒为杵。

候馆：旅店。

离宫：皇帝出巡在外住的行宫。

豳（bīn）诗：指《诗经·豳风·七月》："七月在野，八月在宇，九月在户，十月蟋蟀入我床下。"

漫与：率性为之。出自杜甫《江上值水如海势聊短述》："老去诗篇浑漫与，春来花鸟莫深愁。"

译文

庾信本来在吟《愁赋》，听到蟋蟀的私语，内心更添凄楚。而被秋露打湿的门环前，苔藓蔓延的石井旁，都是他聆听蟋蟀的唱鸣之处。蟋蟀的叫声那样哀伤，如泣如诉，正赶上思妇难眠，起床寻找织机织布，她要织一方相思的锦帕送给离家的丈夫。屏风曲折，夜色幽凉，她独守空房，心情怎样？

西窗又刮起晦暗风雨，为什么这虫声老是应和着砧杵，断断续续响个不住？旅店里迎秋的旅人听到了，离宫中望月的帝王听到了，又勾起伤心事无数！《豳风·七月》里的诗句写得那么率

性可爱，让人忍不住笑看世间在墙角掏蟋蟀高呼"拿灯来！拿灯来！"的小男孩、小女孩。然而，这虫声谱入琴曲，弹奏出来，却一声比一声凄苦。

点评

在课本上学过叶绍翁《夜书所见》的同学，对于捉蟋蟀（即促织）这个生动的场面应该不陌生：

> 萧萧梧叶送寒声，江上秋风动客情。
> 知有儿童挑促织，夜深篱落一灯明。

而与叶绍翁差不多同一时代的姜夔写过一首《齐天乐·蟋蟀》，也是咏蟋蟀的经典。

姜夔是南宋中期人，字尧章，号白石道人，世人多称其为"姜白石"。姜夔少时即有才名，及年长，颇得诗人萧德藻的赏识。萧德藻不但把侄女嫁给他，还带他进入当时的高层文士圈，结识了范成大、辛弃疾、杨万里、朱熹等一流文人。

姜夔是位多面的天才。他不仅是才华横溢的词人，还精通音律，是宋代首屈一指的音乐家。他擅长吹奏笛箫，古琴尤精，曾配合词作自创曲谱，著名的"暗香""疏影"就是他自创的词牌。此外，他还是音乐理论家、书法家和文论家，曾对宋代雅乐提出整改意见。

不过，姜夔虽然有才，却一生清贫。他年少离乡，从青年时代就过着四处漂泊、寄人篱下的生活，衣食多靠朋友接济。庆元三年（1197），姜夔四十三岁，向朝廷建议整理国乐，希望能借此获得提拔，但未能引起重视。两年后，他再次上书，只被获准破格参加进士考试，而又未考中。经此挫折，姜夔便断绝了入仕的念头。在一直慷慨资助他的朋友张鉴去世后，姜夔失去了生计来源，晚年又遭遇临安大火，住所被焚毁，他彻底陷入一贫如洗的境地，死后甚至无钱安葬，靠朋友的捐助，才被就近葬于杭州马塍（chéng）。

姜夔很倾慕晚唐诗人陆龟蒙。陆龟蒙号天随子，考进士落第后，隐居松江甫里，即今天的苏州用（lù）直镇。他在顾渚（zhǔ）山下筑了个小园，平日不与俗人来往，常乘一艘小船，携带书、笔、茶具，遨游于江湖，诗文中经常抨击时弊。陆龟蒙的诗风、人品、遭遇与姜夔类似，因此姜夔很亲近陆龟蒙，说自己"三生定是陆天随，又向吴江作客归""沉思只羡天随子，蓑笠寒江过一生"。

和陆龟蒙一样，姜夔的诗词也非常追求精致与高雅，同时又不失飘逸之气。南宋张炎在《词源》里说："姜白石词如野云孤飞，去留无迹……不惟清空，又且骚雅，读之使人神观飞越。""清空""骚雅"因此成为对姜夔词风最好的概括。

所谓"清空"，指的是姜夔的词意象清丽、意境空灵。而所谓"骚雅"，指的是姜夔的词用典贴切，格调高雅。这首《齐天乐·蟋蟀》就是兼具"清空"与"骚雅"的经典词作。

词的正文之前有小序，介绍了这首词的创作背景：庆元二年秋，词人与朋友张功父在张达可家的堂屋聚会饮酒，听到屋壁间有蟋蟀鸣叫，张功父约词人一同作词，给歌者演唱。张功父的词先写好了，写得很美。而词人徘徊于茉莉花间，仰头望见秋月，顿时生起幽思，不久也写好了，就是这首《齐天乐·蟋蟀》。

这首词采用了"赋"的写法。所谓"赋"，就是铺陈，即从多方面、多角度、多层次来描写事物或情感。这首词写的事物是蟋蟀，表达的感情是愁，但词人的描写并不单薄，而是围绕着蟋蟀和愁绪，几乎把历史、文学与现实里种种和蟋蟀有关的愁苦写尽了。

　　蟋蟀为秋虫，其鸣为秋声。秋有肃杀之气，对失意人而言，正是悲伤之时。因此，这首词上下两阕，"愁""哀""伤""苦"之言不绝如缕，失意人也有种种。上阕写了两种失意人——去国怀乡的骚客与思念丈夫的女子。"庾郎"即南北朝文学家庾信。庾信本是南朝梁人，梁灭后被扣留在北朝不得返乡，内心充满了哀愁。他作有《愁赋》，为咏愁名篇，此赋今已看不到全貌，但仍有"谁知一寸心，乃有万斛（hú）愁"等句子传世。"思妇"没有特定的指代，应该泛指一切怀人的女子。

　　下阕写了另外几种失意人——"候馆迎秋"的羁旅之客，"离宫吊月"的失势帝王，捣制寒衣寄送征人的妇女。古代的衣物多为丝、麻制品，粗制的丝麻比较硬，穿在身上不舒服，需要用砧杵捶、捣，才能变得柔软、舒适，因此，捣衣声响起的时候，就意味着天凉了，该做冬衣了。唐代诗人李白有"长安一片月，万户捣衣声"，描写的就是妇人捣麻给戍边的亲人制作寒衣的场面，这是一个有离别伤感意味的情景。姜夔写"相和砧杵"，似用此典。"豳诗漫与，笑篱落呼灯，世间儿女"，从《诗经》里的蟋蟀诗，跳到现实中捉蟋蟀的烂漫儿童，看似平添一抹亮色，实则以孩童之乐反衬失意人之苦，更显凄楚。

　　这首词，深婉典雅，凄清动人。"笑篱落呼灯，世间儿女"一句尤为高绝。清代陈廷焯《白雨斋词话》评曰："以无知儿女之乐，反衬出有心人之苦，最为入妙。"

　　不知道大家有没有发现，这首词是一首描写蟋蟀的咏物词，

但通篇却无一处出现"蟋蟀"，只是描写各种人听到蟋蟀声的内心感受。这是为什么呢？其实，这就是咏物诗词的特点。咏物诗词一般并不只是单纯地写景状物，而往往有所寄托。就像《离骚》里的"香草""美人"，常用来比托君臣关系。"梅、兰、竹、菊"等，也常常被用来象征人的某种品格。因此，这首词里的小小蟋蟀，也并不只是一种昆虫，它还寄托了词人更深沉的人生感慨。

"靖康之变"改变了宋朝的命运，也强烈地刺激着士大夫、文人的心，抗金、爱国在很长一段时间是文坛的主旋律。和陆游、辛弃疾差不多处在同一个时代的姜夔也不可能完全不受大环境的影响，只是一介布衣飘零于江湖，他不可能不顾自身的现实空喊爱国口号，不同的创作理念和创作风格也决定了他不可能像陆游、辛弃疾那样慷慨抒情。因此，他往往把深曲的幽思埋藏在看似空灵、清淡的文字下面，把家国情怀沉郁地寄托在字里行间。

在这首词的序言末，词人有一句话，蟋蟀，在杭州被称作"促织"，性情善斗，喜欢斗蟋蟀的人甚至愿花二三十万钱买一只，还把象牙雕刻成楼观状的笼子来装蟋蟀。这句话看似轻描淡写，其实寄意遥深。南宋到了中期，统治者基本上已经没有心力再与金人开战，收复北方失地。宋金和议带来的几十年的和平生活，使南宋政权偏安江南，日渐奢靡。因此，词序里所述杭州斗蟋蟀之事，正是对这种奢靡之风的影射。也正是因为对国家的现状深感忧虑，对自己的身世心怀悲伤，这首词中的"庾郎吟愁""客舍迎秋""行宫吊月"等才不是泛泛而谈，而是有深切、实在的痛楚在里面。这也是姜夔词"清空"而不"空洞"的魅力所在。

提分秘笈

蟋蟀是中国传统文化里的经典意象,《诗经·唐风·蟋蟀》也是首咏蟋蟀的诗:

蟋蟀在堂,岁聿(yù)其莫(mù)。今我不乐,日月其除。无已大康,职思其居。好乐无荒,良士瞿瞿。

蟋蟀在堂,岁聿其逝。今我不乐,日月其迈。无已大康,职思其外。好乐无荒,良士蹶(jué)蹶。

蟋蟀在堂,役车其休。今我不乐,日月其慆(tāo)。无已大康,职思其忧。好乐无荒,良士休休。

在这首诗里,诗人因为年末在堂上看到蟋蟀,心生岁月流逝的伤感。由此可见,从《诗经》时代起,蟋蟀便已成为秋的象征,代表时不我与的忧郁情绪。

姜夔(1154—1221),字尧章,号白石道人,江西鄱(pó)阳人,南宋词人、音乐家。他擅长度曲填词,自创词牌"扬州慢""暗香""疏影"等,其词清空高雅,富有音乐美感,有极强的艺术感染力。

爱情
友情

情不知所起，
一往而深。

——明·汤显祖《牡丹亭》

名句

执子之手，与子偕老。

诗经·邶风·击鼓

击鼓其镗，踊跃用兵。土国城漕，我独南行。
从孙子仲，平陈与宋。不我以归，忧心有忡。
爰居爰处？爰丧其马？于以求之？于林之下。
死生契阔，与子成说。执子之手，与子偕老。
于嗟阔兮，不我活兮。于嗟洵兮，不我信兮。

注释

邶（bèi）风：春秋时期卫国的民间歌谣，流传于今天河南的淇县一带。

镗（tāng）：击鼓声。其镗，镗镗。

兵：兵器。

土国：在国内服役做土工。

城漕（cáo）：在漕邑修筑城墙。漕，卫国地名，在今河南滑县东南。

南行：向南从军上战场。

孙子仲：即公孙文仲，字子仲，是此次卫国南征的将领。

平：调解两国之间的纠纷。一说，联合。

不我以归：不让我回来。

有忡：即忡忡，心神不安貌。

爰（yuán）：于何，意思是在何处。

丧：丢失。

契（qiè）阔：结合。契，合；阔，离。这里偏义复指合。

成说：定约、结誓。

于嗟（jiē）：同吁（xū）嗟，感叹词。

阔：远。

活：聚会、聚首。

洵（xún）：久远。

信：守约。

译文

战鼓擂得震天响，士兵踊跃练武忙。有的修路筑城墙，我独从军到南方。

跟随将军孙子仲，要去调停陈与宋。长期不让我回家，使人愁苦心忡忡。

安营扎寨有了家，系马不牢走失马。叫我何处去寻找？原来马入树林下。

一同生死不分离，咱们誓言立心里。我曾紧握你的手，到老和你在一起。

叹息与你久离别，再难与你来会面。叹息相隔太遥远，难以实现我誓言。

（译文出自《诗经》，中华书局 2015 年版，译者：王秀梅）

点评

我们今天赞美一段相濡以沫、白头到老的爱情，多会用这样一句话："执子之手，与子偕老。"这句爱情誓言，出处就是两

千多年前的《诗经·邶风·击鼓》。

《诗经》因为距离我们年代久远，它的语言已经变得很陌生，我们今天不容易弄明白它的准确含义，就像这首《邶风·击鼓》，它描写的究竟是哪场战争，今天是有争议的。不过，不管是哪种背景，可以肯定的是，这首诗描写了一个在战争中思归不得的戍卒的怨恨和嗟叹。

诗歌第一章，"击鼓其镗，踊跃用兵"，描述的就是战鼓擂响、踊跃练兵的场景，这是一个战争一触即发的火热场面。然而到了"土国城漕，我独南行"，我们却感受到诗人心情的低沉——其他伙伴被安排的任务是修路或筑城墙，只有我一个人是从军到南方，被安排上战场。要直面残酷的战争，弄不好还会把命丢掉，这也是这个戍卒充满怨愤的原因。

诗歌第二章，"从孙子仲，平陈与宋"，跟着统帅孙子仲，要去调停陈与宋，这就直接交代了这个卫国戍卒出征的缘由。"不我以归，忧心有忡"，不让我回家啊，我心里一直忧心忡忡。

诗歌前两章一直有一种对比的张力：一方面，战争打得热火朝天；一方面，上战场的老百姓却叫苦不迭。这就产生了强大的批判力，批判战争的发起者——卫国贵族，为了一己私欲到处征战，却把老百姓置于水火之中。

诗歌第三章，"爰居爰处？爰丧其马？于以求之？于林之下"，哪里可以安歇，哪里可以驻足？我的战马跑了，要到哪里寻找？我一路找马，来到林下。这一章，描写的就是战争真实而残酷的景象。无论输赢，战争都会有伤亡，在这场战争中，诗人的马匹受惊跑掉，诗人为了找马，也流落荒野，这个场面，不可谓不凄凉。

诗歌第四章，"死生契阔，与子成说。执子之手，与子偕老"，

生死都不能让我们分离，这是我们早已立下的誓言。让我握着你的手，和你一起白头到老。关于这一章的意思，有人认为，这是戍卒对家人（妻子）的表白，是有感于战争的残酷，害怕自己不能活着回家，因而想起和妻子发过的誓言。也有人认为，这段表达，更像是和战友立下的盟约，"执子之手，与子偕老"，是要握着战友的手，同生共死，奔赴战场。不过，不管是哪种解释，这两句诗都是非常令人震撼的誓言，都是用生命书写的诚挚与忠贞。

诗歌第五章，"于嗟阔兮，不我活兮。于嗟洵兮，不我信兮"，太遥远了，没法再见了；分别太久了，没法信守诺言了！这一章可以说是戍卒悲怆的呼号，因为感觉无望活着回家，而为不能和亲友相见嗟叹不已。

"平陈与宋"的战争是一场旷日持久的非正义战争，在这场战争中，卫国的老百姓怨声载道，而戍卒们长年离家服役苦不堪言，这首诗倾吐的就是他们的心声。

这首诗是中国文学史上"征戍诗之祖"，后世陈琳的《饮马长城窟行》，杜甫的《新婚别》，都有此诗的影子，都是站在普通老百姓的立场上倾诉战争带来的创伤和苦痛。因为感情深沉、诚挚，"执子之手，与子偕老"成为中国人爱情的最高理想，把和谐与长久当成幸福婚姻的标的。

提分秘笈

著名的爱情诗句还有东汉乐府民歌《上邪》："上邪，我欲与君相知，长命无绝衰。山无陵，江水为竭。冬雷震震，夏雨雪。天地合，乃敢与君绝。"唐代李商隐《锦瑟》："此情可待成追忆，只是当时已惘然。"宋代柳永《蝶恋花·伫倚危

楼风细细》："衣带渐宽终不悔，为伊消得人憔悴。"宋代秦
观《鹊桥仙·纤云弄巧》："两情若是久长时，又岂在朝朝暮
暮。"金朝元好问《摸鱼儿·雁丘词》："问世间，情为何物，
直教生死相许？"……

名句

诚知此恨人人有，贫贱夫妻百事哀。

遣悲怀三首·其二

唐·元稹

昔日戏言身后意，今朝都到眼前来。
衣裳已施行看尽，针线犹存未忍开。
尚想旧情怜婢仆，也曾因梦送钱财。
诚知此恨人人有，贫贱夫妻百事哀。

注释

戏言：开玩笑说。

身后意：死后的安排。

行看尽：眼看就要完了。

尚想：还念及。

婢（bì）仆：女仆和男仆。

诚知：确实知道。

恨：遗憾。

译文

过去开玩笑说死后要怎样怎样，今天这些都如你所说来到我
眼前。

你的衣裳都已施舍出去，眼看就施舍完了；而你用过的针线我还封存得好好的，未曾忍心打开。

我常念及旧情，对你使唤过的仆人多加怜惜，也曾因为梦到你给你烧纸钱送财。

确实知道夫妻永诀的痛苦人人都会遇到，但对于我们这样同贫贱共患难的夫妻，还是有无数事情让我悲哀。

点评

我们在中学课本里都学过苏轼的《江城子》，那是他写给去世多年的妻子王氏的悼亡词。"悼亡诗"由西晋的潘岳开创，因其作有《悼亡诗三首》，深情怀念死去的妻子，后来"悼亡诗"就专指丈夫悼念亡妻的诗。"悼亡诗"在唐代，由元稹（zhěn）发扬光大，其悼念亡妻韦丛的一系列诗歌，细节生动、感情真挚，打动了无数人。《遣悲怀三首》是其中的佳作，尤其是其中的第二首，因有"贫贱夫妻百事哀"这样广为流传的名句，而最为人熟知。

元稹是唐代有名的风流才子，据说，他文采奇佳，诗歌经常流传到宫中，被宫人传唱，因而被宫人称为"元才子"。这位才子的爱情故事也常为人津津乐道，比如，他创作的传奇故事《莺莺传》，就是以自己的经历为原型写的，被后世改编为大名鼎鼎的《西厢记》。故事里的崔莺莺，是他年轻时爱过的一个姑娘双文，而张生就是他自己。此外，他与才女薛涛、刘采春，也各有一段风流韵事。不过，就是这个多情到"滥情"的人，却也有深情的一面，比如，对于死去的结发妻子韦丛，他一直念念不忘，为她写诗，为她叹息流泪，这才有了感动无

数人的《遣悲怀》。

元稹确实称不上是忠贞的丈夫或情人，即便写过《离思》：

> 曾经沧海难为水，除却巫山不是云。
> 取次花丛懒回顾，半缘修道半缘君。

他也并没有真的做到对某个女子从一而终。不过，韦夫人在元稹心中，依然有别的女子无法替代的地位，这使得她在去世多年后，仍被元稹所怀念。

元稹出身贫寒，幼年时父亲早亡，他跟着寡母过活，生活非常艰难，经常吃不饱穿不暖，事事都要靠亲戚接济。所幸，元稹从小就聪明有才，九岁能赋诗，十五岁就明经科及第，二十五岁又考过书判拔萃科，由此走上仕途。

初登仕途，元稹急切盼望伯乐的提拔。正在这时，时任京兆尹（相当于首都市长）的韦少卿看中了元稹，想把小女儿韦丛嫁给他。元稹原本是有一个相好的女子的，就是《莺莺传》里崔莺莺的原型双文，但双文门第、出身不高，并不能在仕途上帮助元稹，于是，元稹便抛弃了双文，娶了韦丛。

虽说元稹和韦丛的结合有功利的原因，不过，夫妻二人婚后却非常恩爱。韦丛出身高门，却并不以此自夸，反而甘于和元稹过平淡清苦的生活。她贤淑恬静，把家治理得井井有条，并不因为元稹贫穷而心生抱怨。然而，不幸的是，韦丛和元稹仅仅生活了七年，就因病去世，这让元稹悲痛不已。他把思念和伤感倾吐到一首首悼亡诗里，寄给朋友白居易，诗中不乏"寒烟半床影，炉火满庭灰""闲处低声哭，空堂背月眠""行吟坐叹知何极，影绝魂销动隔年"这样的真情流露。

《遣悲怀三首·其二》没有典故，没有生僻字，可以说明白如话，然而，这不耽误它是首细节丰满的好诗。世间令人悲哀的事，莫过于曾经的玩笑话一语成谶，让人一想起来就心生悔恨。因此，诗的首联直击人心——过去，我们两人常常开玩笑，说死后要怎么怎么样，没想到，这种玩笑竟变成了真，今天一句一句回想起来，心中满是痛悔。

因为斯人已去，与之相关的一切都让人伤感，为了避免睹物思人，诗人把妻子的衣裳一件一件都送给了别人，妻子在世时用过的针线，也封存了起来，不忍心再打开。而这还不够，一想到妻子的和善温柔，诗人就忍不住爱屋及乌，对于曾经侍奉过她的丫鬟仆人，也多了一分怜爱。与此同时，一旦在梦里梦到妻子，诗人就担心她在九泉之下生活得不好，赶紧给她烧点纸钱。

即便能做的一切都做了，对于妻子的死，诗人仍怀着深深的伤感。到了尾联，诗人索性直抒胸臆："诚知此恨人人有，贫贱夫妻百事哀。"——虽然的确明白人人都会有夫妻分离的那一天，但作为从贫贱时起就相濡以沫的结发夫妻，你的去世仍令我悲伤，想起与你有关的种种琐事，我就哀恸不已。

也许，从道德上来说，元稹并不是完美的丈夫和情人，不过，就才华而言，他能把一腔深情用语言精准地表达出来，引人共鸣，确实是高明的文学家。清代周咏棠评论此诗："字字真挚，声与泪俱。"清代陈世镕亦评论此诗："悼亡之作，此为绝唱。"

提分秘笈

元稹和白居易的诗，因为浅显易懂，而被苏轼讥为"元轻

白俗"——元稹的诗轻浮，白居易的诗浅俗。但其实有时候，表情达意并不需要过于华丽高深的辞藻，有感而发，真切诚挚，简单的文字反而比多余的修辞更动人。

元稹（779—831），字微之，河南洛阳人，唐代诗人。元稹曾和好友白居易倡导"新乐府运动"，主张恢复古代的采诗制度，发扬《诗经》和汉魏乐府诗讽喻时事的传统。二人诗风相近，世称"元白"。元稹的诗浅白明快、色彩艳丽，尤其擅长描写男女爱情，其为亡妻所作的悼亡诗感人至深。

> **名句**
>
> 落花人独立，微雨燕双飞。

临江仙·梦后楼台高锁

宋·晏几道

梦后楼台高锁，酒醒帘幕低垂。去年春恨却来时。落花人独立，微雨燕双飞。

记得小蘋初见，两重心字罗衣。琵琶弦上说相思。当时明月在，曾照彩云归。

注释

却来：又来。

小蘋（píng）：歌女的名字。

两重心字罗衣：说法很多，这里取其一，指画有双重心字形花纹的丝绸衣服。

译文

梦醒只见楼台高高锁起，酒意消退又见帘幕低垂。去年的春恨又来纠缠我，落英缤纷，斯人独立，微雨蒙蒙，燕子双飞。

记得第一次和小蘋相见，她穿着画有双重心字花纹的绸衫。小蘋的琵琶缠绵幽怨，诉说着绵长的思念。那个夜晚，月光如雪，映照着她，宛若彩云归来。

古往今来，擅写"情思"的词人非常多，秦观、柳永、周邦彦……都是少女心杀手。不过，在这些词人中，晏几道却是尤为突出的一个。晏几道的《小山词》可以说是最能满足少女情窦初开幻想的词集。事实上，晏几道本人，就是有着偶像剧男主人设的翩翩佳公子。

晏几道，字叔原，号小山，是北宋词人宰相晏殊最小的儿子，可谓含着金汤匙出生。晏几道自幼聪慧多才，和父亲晏殊一样，在作诗填词方面非常有天赋，七岁就能写文章，十四岁去参加科举考试就中了进士，深得父亲宠爱，父子俩后世被合称为"二晏"。然而，不幸的是，在晏几道十八岁时，父亲晏殊去世了，他失去了靠山，开始感受到人生的残酷。

本来，得益于世家的荫庇，晏几道获得了一个主管祭祀的小官。然而，到了宋神宗熙宁七年（1074），一个叫郑侠的人因为反对王安石变法被治罪下狱，这个郑侠偏偏是晏几道的朋友，两人还有一些诗歌往来。于是，晏几道也受到牵连，以讽刺"新政"、反对变法的罪名被捕入狱。后来，宋神宗释放了晏几道，此事有惊无险。不过，经此打击，晏家却是江河日下，晏几道也从一个锦衣玉食的贵公子，慢慢沉入了社会下层。

从贵公子一路变成落魄小隶，固然有家道中落的原因，而在这个过程中，晏几道孤傲的个性，也起着关键作用。晏几道曾经也萌生过努力进仕的念头，比如，他在颍昌府（治所在今河南许昌）任职时，曾拜访过父亲生前的门生、颍昌知府韩维。他拿出自己的诗词，献给韩维，希望得到他的赏识。没想到，韩维非常

尖刻地回复他："你的词我都看了，但我看你就是个才华有余、德行不足的人，希望你扔掉一些多余的才华，多补补不足的德行，不要辜负我这个老朋友的期望。"晏几道大受打击，从此断了仕进之心，孤高自守，不再与达官贵人来往。

晏几道与黄庭坚、王肱（gōng）等人交好，这些人都非常欣赏他的才华和人品。黄庭坚的老师苏轼在元祐年间短暂得势的时候，曾通过黄庭坚向晏几道致意，想去拜会他。没想到晏几道一口回绝，说："今天朝堂之上，一半人都是我家旧客，我都没有闲暇见他们。"意思是，当然也不见你这样春风得意的人。这其实就是把晋升的机会故意往外推。

在晏几道晚年，权势正盛的宰相蔡京来拜访他，请他为自己写词。这本是蔡京拉拢人的手段，一般人遇到这样的机会多会趋之若鹜，然而，在晏几道为蔡京所写的两首词中，竟无一字言及蔡氏，其清高自持的态度非同流俗。

因此，后世评论家常以"贵异""矜贵"称颂小山词，这个"贵"字不单是对晏几道词品的评价，更是对其人品的评价。黄庭坚曾在《小山词序》中列举晏几道"生平四大痴绝处"：仕途坎坷，却不肯攀附权贵，这是第一痴；写文章只肯写自己有真情实感的诗词，绝不作帮助升迁的官样文章，这是第二痴；身家千万，却不善理家，以至家人面黄肌瘦，这是第三痴；别人千百次辜负他，他却不怨恨，对自己信任的人，一辈子都不会怀疑对方欺骗自己，这是第四痴。这四痴，写出了晏几道傲视权贵、拒绝钻营、坦诚待人、毫无心机的个性，虽名之曰"痴"，其实是极大的肯定和赞美。

不过，晏几道虽然孤高自赏，不肯攀龙附凤，但他对朋友，对那些交往过的歌儿舞女，却一往情深。晏几道年轻时，和沈廉叔、

陈君宠相交甚好，沈廉叔、陈君宠家里有莲、鸿、蘋、云等几个歌女，晏几道每填好一首新词，就交给她们演唱，而他则与朋友端着酒杯欣赏，十分欢乐。晏几道为这些歌女写了很多词，还在多年后深情地怀念她们。

这首词上阕"梦后楼台高锁，酒醒帘幕低垂"，隐约有几分唐代诗人许浑的诗意——"楼台深锁无人到，落尽春风第一花"，慵懒中透着一点闲适，闲适中又流露几分寂寞。"落花人独立，微雨燕双飞"，是整首词中最清新、淡雅的句子。它的版权其实不属于晏几道，而属于唐五代时期的诗人翁宏。翁宏作有《宫词》一首，其中有"又是春残也，如何出翠帷？落花人独立，微雨燕双飞"之句，这里晏几道借用的是他的成句。不过，"落花"两句在翁宏的诗中平平无奇，却在晏几道的词中大放异彩，因为被晏几道引用而成为千古名句。

下阕"记得小蘋初见，两重心字罗衣"，到这里，我们的女主人公小蘋才华丽登场。小蘋留给词人最惊艳的时刻是什么呢？正是他第一次在朋友家见到她的时候。小蘋最让词人动心之美是什么呢？正是她穿着画有双重心字形花纹绸衫的倩影。"琵琶弦上说相思"，让人很自然地联想到白居易《琵琶行》里的诗句"低眉信手续续弹，说尽心中无限事"，说明小蘋不仅外表美丽，而且才艺出众，琵琶弹得动听有情。

这首词，上阕重在写"春恨"，高锁的楼台，低垂的帘幕，朦胧的酒与梦，落花和飞燕，微雨与独立之人，营造一片阑珊春意，透出寂寥消息；下阕重在写"相思"，点点滴滴都在怀念与小蘋初见的美好，她的风度，她的罗衣，她的琵琶心曲，都如明月照彩云，令他感怀不已。

这首词风格柔婉，情调感伤，是小清新中的小清新。而晏几道的词，继承了其父晏殊的娴雅格调，又融合了柳永的旖旎风情，深致婉约，自成一家，千百年来，受到无数人的喜爱。

提分秘笈

"落花人独立，微雨燕双飞"，并不是晏几道的原创，却因他的引用而广为流传。为什么引用的句子反而超越了原作？只因为他整首词都很优秀。对比翁宏的《春残》：

又是春残也，如何出翠帏。

落花人独立，微雨燕双飞。

寓目魂将断，经年梦亦非。

那堪向愁夕，萧飒暮蝉辉。

这首诗描写了一个女子暮春怀人的心情，"落花"一联情致动人，但整首诗却略显平庸。因此，我们在写作时，也应该注意整体与局部的和谐，不光要有金句，还要让金句与整体文字相得益彰。

晏几道（1038—1110），字叔原，号小山，江西南昌人，北宋词人。他与父亲——词人晏殊并称"二晏"，其词工于言情、清丽脱俗、感情深挚，是婉约派的重要词人。

人生若只如初见，何事秋风悲画扇。

木兰花令·拟古决绝词

清·纳兰性德

人生若只如初见，何事秋风悲画扇。等闲变却故人心，却道故心人易变。

骊山语罢清宵半，泪雨霖铃终不怨。何如薄幸锦衣郎，比翼连枝当日愿。

注释

木兰花令：词牌名。

拟古：诗文效仿古人的风格、形式。

决绝：永别。决通"诀"。

何事：为何，何故。

等闲：随便，无端。

骊山：唐玄宗曾在骊山华清宫和杨贵妃一起享乐。

何如：何故，为什么。

薄幸：薄情。

译文

人生要都像第一次相见就好了，这样就不会有人在秋风中悲叹自己如被弃的画扇。随便的，故人的心就变了，而故人却说，

心没变，是爱的人变了。

骊山行宫里私语言罢已是夜半，泪水如雨，铃声清冷，我也终不相怨。只是想不通，你这薄情的锦衣少年，当日为何要对我发"比翼连枝"的誓愿！

点评

从中学语文课本所选的词《长相思·山一程》《浣溪沙·身向云山那畔行》中，我们认识了一位用苍凉之声歌咏边塞风光的词人纳兰性德。而在边塞词之外，这位词人最为人熟知的，是他的爱情词和悼亡词，这些幽怨缠绵、忧思不绝的文字，构成了纳兰性德的独特魅力，让他的词广为流传，从而获得"家家争唱《饮水词》，纳兰心事几人知"的美誉。

纳兰性德，字容若，原名纳兰成德，为避当朝太子的讳而改名性德。纳兰性德是满洲正黄旗人，父亲是康熙朝权相纳兰明珠，母亲出身皇族，他作为明珠的长子，可谓不折不扣的富贵公子。

纳兰性德自幼饱读诗书，文武兼修，琴棋书画、鞍马骑射无所不精，参加科举考试也非常顺利。他十八岁中举，二十一岁考中进士，在殿试中，以机智博学的应答和遒劲飘逸的书法，赢得了考官的一致称许，最后获得二甲第七名的好成绩。

他拜当时的著名学者徐乾学为师，刻苦钻研儒学，并且利用自家汗牛充栋的藏书，主持编纂了一部儒学汇编——《通志堂经解》，深受康熙皇帝赏识。在纳兰考中进士后，康熙皇帝授予他三等侍卫的职位，选入宫中护驾，不久又晋升为一等侍卫，多次随皇帝出巡。

　　按理说，出身这样尊贵显耀，才华如此卓尔不群，前途又那样光明可鉴，纳兰性德的人生应该没有缺憾才对。然而，上天却在此时给他降下打击。就在纳兰考中进士第二年，和他琴瑟和鸣的妻子卢氏因难产离世，纳兰的人生从此陷入了悲伤与绝望。他为妻子写了大量悼亡词，寄托哀思，除了伤感知己的早逝，还在词中寄寓了很深的身世感慨。他甚至有了遁入空门的念头，因而给自己起了个号"楞伽山人"。纳兰这一时期所写的作品，后来结集成《饮水词》，与早期的《侧帽集》相比，风流潇洒的轻盈再也看不到了。

　　妻子的死只是压垮纳兰的各种因素中的一个，事实上，有学者仔细研究了纳兰的生平，发现他的人生悲剧有更深的隐衷。一方面他出身高贵，这可能是无数人盼而不得的幸运；但另一方面，这样的出身，也造成了他人生最大的悲剧。他的父亲明珠身居高位、权势滔天，不免做些贪污腐败、结党营私的事情。因此，康熙皇帝对明珠的态度也很暧昧复杂。一方面，明珠对皇帝阿谀奉承、曲意逢迎，皇帝需要利用他的支持来达成自己的政治目的；另一方面，大臣结党营私，威胁皇权，皇帝对明珠亦抱有很大的戒心。

　　在皇帝和大臣的权力博弈中，纳兰性德成了斗争的牺牲品。纳兰性德虽然出身满族，但对汉族的儒家文化十分倾慕。因此，他心目中的理想生活并不是给皇帝当侍卫，而是考科举，进翰林院。

　　按惯例，纳兰性德在殿试中考中二甲第七名，进翰林院是完全没问题的。然而，在这次翰林院的选拔中，他却落选了。黜落他的不是别人，正是康熙皇帝。康熙皇帝也许是想用这次

黜落给明珠施加威力，总之，皇帝并不想看到父子二人同朝为官把持朝政。

其实，皇帝没有让纳兰性德进翰林院，而让他做自己的侍卫，也不完全出自私心。清朝作为满族主政的朝代，上层统治者还是以自己民族骑射习武的传统为骄傲的，而遴选八旗贵族子弟入宫当侍卫，也是通向封疆大吏的一条康庄大道，是贵族子弟才能享有的特权，纳兰的前途并不灰暗。

不过，纳兰性德并不喜欢这条康庄大道。他向往儒家文化，人生志趣在于读书习文，而在宫廷值勤、站岗、巡逻、喂马的工作刻板、枯燥，实际上就是个侍从，远不如在翰林院当文士高雅、清贵，哪怕一等侍卫前途光明。

然而，命运之手就是如此无情，皇帝以表面的器重，违背纳兰的意愿，强行安排了他的前途，以此来保持君臣间的微妙平衡。纳兰父子是何等聪明的人，对于皇帝的用意心领神会，尤其是纳兰性德，更是明白自己此生的梦想永远也无法实现了。怀着"伴君如伴虎"的忧惧，纳兰在侍卫的岗位上格外谨慎小心。其他做侍卫的贵族子弟吃不了的苦，他都承受下来，就连在严寒酷暑的天气，也从没请过一次假、出过一次错。皇帝虽然多次对纳兰施以小恩小惠的嘉许，但据说从来没跟他说过一句话，由此可见所谓的器重，只是虚言。

一方面是理想的破灭，另一方面是随侍皇帝的紧张、压抑与枯燥，再加上妻子的去世，一连串的打击，严重摧残了纳兰性德的身心。明珠之子、宫廷侍卫的身份，决定了他无法像普通人一样，说出事实的真相，只能把一腔幽怨诉诸笔端，寄托在语意朦胧的诗词中，由此形成了纳兰词哀感顽艳的风格，被

人认为颇近南唐后主李煜。

康熙二十四年（1685）五月，纳兰性德抱病与好友相聚，之后一病不起，七日后溘然长逝，结束了三十一岁的年轻生命。他的知交好友姜宸（chén）英在他去世后写道："其施不得见，其志未就也。"对纳兰性德内心的失意颇有体察。

纳兰性德终其一生，从不把富贵荣利放在心上。他出身高门，但平生交往最多的却不是达官贵人，而是顾贞观、严绳孙、朱彝（yí）尊、陈维崧（sōng）、姜宸英这样的文人寒士。他对朋友极其真诚，不仅仗义疏财，而且欣赏他们的人格和才华，与他们交往时，谦和有加、平易近人。文人吴兆骞（qiān）曾受诬流放宁古塔，纳兰性德听说他有才名，努力多年，把他从边荒赎了回来，又担心他的生计问题，特聘其为家庭教师，并在他死后出资让他入土为安。这种高尚义举深受世人感佩，"生馆死殡"因此成为一段友情佳话。

纳兰性德这首《木兰花令·拟古决绝词》，以前常被当成爱情词来解读，而今天看来，似乎不止是爱情这么简单。"决绝"一词最早出自汉乐府民歌《白头吟》。《白头吟》相传为西汉卓文君所作，因为丈夫司马相如的背叛，卓文君在诗里写下"闻君有两意，故来相决绝"之句来和他分手，后世便出现了一种由文人创作，模仿女子口吻痛斥负心汉的怨情诗，这就是"决绝词"。

人生若能第一次相见便永远忠贞不渝就好了，那样人们也就不必在秋风中哀叹美丽的扇子天凉就被抛弃。"秋风画扇"是个典故：班婕妤贤能而有才华，汉成帝一开始很宠爱她。然而，自从赵飞燕、赵合德进宫后，汉成帝转而宠信这两姐

妹。班婕妤有感于自己的失宠，作《团扇诗》倾吐幽怨，诗里写道："新裂齐纨素，鲜洁如霜雪。裁为合欢扇，团团似明月。出入君怀袖，动摇微风发。常恐秋节至，凉飙夺炎热。弃捐箧（qiè）笥（sì）中，恩情中道绝。"即以团扇作比，表达被抛弃的绝望。

情人随随便便就变了心，向他追问时，他却说："心还是原来的心，只是爱的人不同了！"很多人把"却道故心人易变"误当成"却道故人心易变"，其实这两句词是有出处的，出自南朝谢朓的诗《同王主簿怨情》："故人心尚永，故心人不见。"用"故人"与"故心"的微妙差别，暗示一方背叛带给忠诚的另一方的伤害。

下阕四句用的是唐玄宗和杨贵妃的典故。《太真外传》记载，唐玄宗李隆基宠爱杨贵妃，曾于七月七日之夜，在骊山华清宫长生殿盟誓，愿生生世世做夫妻。后安史之乱爆发，唐玄宗逃亡蜀地，在马嵬坡赐死杨贵妃。杨贵妃死前说："臣妾确实辜负了国恩，死而无怨！"后来，唐玄宗在路上听到雨声、铃声，想念死去的杨贵妃，于是作《雨霖铃》曲，以寄哀思。白居易根据李隆基、杨贵妃的爱情故事，撰写长诗《长恨歌》，诗以"在天愿作比翼鸟，在地愿为连理枝"作为二人的爱情誓言。

下阕说的就是：如果爱情就像唐玄宗对杨贵妃那样，在长生殿半夜起誓永远相爱，无论生死永远思念，那么即便后来我像杨贵妃一样被赐死，也没有丝毫抱怨。可是为什么偏偏是你这样薄情的纨绔少年，当初还要学唐玄宗对我发"比翼连枝"的誓愿。

纳兰性德为什么会作这样一首怨情词呢？其实，怨情诗词本来就不是单纯的爱情诗词。从屈原开始，文学就有一种传统，用男女爱情来比喻君臣关系，也就是所谓的以"香草美人"来譬喻忠臣明君。怨情诗词里借女子之口对薄幸情郎的抱怨，通常抒发的都是文人遭君王冷遇后失望与落寞的心情。因此，联想到纳兰性德的人生，一腔抱负终成梦幻泡影，我们便不难看出，这首怨情词很大可能就是失意于君王的一种情感比托。

当然，生活在今天的读者，不一定能体会这种复杂的君臣情结了。不过，即便把它当成一首单纯的爱情诗，细细品味，也仍然能感受到那种细腻而深情的失恋之悲，这也是纳兰词今天依旧动人的原因。

提分秘笈

卓文君的《白头吟》这样写道：

> 皑（ái）如山上雪，皎若云间月。
>
> 闻君有两意，故来相决绝。
>
> 今日斗酒会，明旦沟水头。
>
> 蹀（xiè）蹀（dié）御沟上，沟水东西流。
>
> 凄凄复凄凄，嫁娶不须啼。
>
> 愿得一心人，白头不相离。
>
> 竹竿何袅袅，鱼尾何簁（shāi）簁！
>
> 男儿重意气，何用钱刀为！

这首诗用婉转凄切的辞句，塑造了一个个性鲜明的弃妇的

形象。通过对背叛爱情的男子的谴责，表达了对爱情的坚守与执着。"愿得一心人，白头不相离"，是广为流传的爱情诗句。

纳兰性德（1655—1685），原名纳兰成德，字容若，号楞（léng）伽（qié）山人，满洲正黄旗人，清代词人。他出身满清贵族之家，才华横溢，却英年早逝，其词真挚动人、清丽婉约，悼念亡妻的作品尤其沉痛感伤。

赌书消得泼茶香，当时只道是寻常。

浣溪沙·谁念西风独自凉

清·纳兰性德

谁念西风独自凉？萧萧黄叶闭疏窗，沉思往事立残阳。被酒莫惊春睡重，赌书消得泼茶香，当时只道是寻常。

注释

萧萧：风把树叶吹落的声音。

疏窗：窗格不密的窗户。

被酒：喝醉了酒。

消得：消受，享受。

译文

谁惦记着西风起时，我感到孤单凄凉？黄叶萧萧落下，我关上疏窗，沉思往事，独立斜阳。

曾经春日醉酒，你怕惊醒我，放轻脚步；也有过赌书泼茶享受芳香的温馨时光；可是啊，当时我竟以为这些不过是岁月平常。

点评

前面讲过元稹的《遣悲怀》，在课本里，我们也学过苏轼的《江城子》。除了这两首著名的悼亡诗词，历史上还有一首

悼亡词也非常经典，其传唱之广，可能不亚于前两者，它就是纳兰性德的《浣溪沙·谁念西风独自凉》。

在《木兰花令·拟古决绝词》里，我们讲过，妻子卢氏的去世，是纳兰性德人生的一个重大转折点。此前，他是潇洒得意的贵公子；此后，他的人生却陡转直下，再也不复少年的意气风发。

纳兰性德的妻子卢氏，是两广总督、兵部尚书卢兴祖之女，是知书达礼的大家闺秀，纳兰性德与她感情很好。然而，仅仅过了三年幸福的婚姻生活，卢氏就因难产去世，这对纳兰性德是极大的打击。在卢氏死后，他为卢氏写了很多伤悼之词，"三载悠悠魂梦杳（yǎo），是梦久应醒矣""可奈今生，刚作愁时又忆卿""此情已自成追忆，零落鸳鸯"……词中充满缠绵哀思。这首《浣溪沙》是纳兰悼亡词中的佳作，情真意切，包含深沉的人生哲理，让人读罢心生哀怜。

词的上阕描述了惹起思念的环境氛围。西风吹凉，黄叶萧索，残阳如血，秋日晚景的肃杀，让人内心产生无限惆怅。若是卢氏仍在，还有人提醒纳兰性德天冷加衣，在凉意侵袭的秋天给他带来温暖。然而，一个"谁念"，一个"独自"，让人明白，斯人已逝，再无人温柔体恤、软语宽慰，以消解词人内心的孤单与寂寞。

下阕回忆妻子生前二人的闺房之乐，今昔对比，更添悲伤。下阕写到了两个场景，一个是某春日，纳兰性德喝醉了酒，陷入沉睡，妻子体贴地放轻动作，以免惊醒他。另一个则包含了一个典故：北宋词人李清照和丈夫赵明诚志同道合，生活幸福。二人都酷爱读书、收藏，每天吃完饭后，会烹上一杯茶，坐在

堂上玩一个文字游戏，两人互相出文史典故考对方，要求说出这个典故出自哪本书、第几卷、第几页、第几行，谁先猜中谁先喝茶。猜中的人往往举杯大笑，乐得把茶都倒进了怀里，反而喝不上。这就是"赌书泼茶"。纳兰性德用这个典故，想说的正是他和妻子卢氏曾经的生活，也像赵明诚、李清照二人一样，充满了风雅的乐趣，幸福美满。然而，令人遗憾的是，这种幸福，在当时身在其中的人看来，并没有多么珍贵，只当成平平淡淡的日常生活，如今失去，才发现那是再也回不去的过往。

"当时只道是寻常"，充满痛悔，读来字字锥心。

提分秘笈

除了"赌书泼茶"，形容夫妻之间志同道合、婚姻美满的典故还有"举案齐眉""琴瑟和鸣""比翼双飞"等。

东汉的梁鸿和妻子孟光都是有德之人，夫妻之间相敬如宾。孟光在梁鸿面前从不仰视，准备饭菜时，总是把装满食物的托盘高举到眉毛处，以此表达对丈夫的尊敬，这就是"举案齐眉"。"琴瑟和鸣"出自《诗经·小雅·棠棣》："妻子好合，如鼓琴瑟。"比喻夫妻之间情投意合。"比翼双飞"出自《尔雅·释地》："南方有比翼鸟焉，不比不飞，其名谓之鹣（jiān）鹣。"比喻夫妻之间恩爱合拍。

名句

更待菊黄家酝熟，共君一醉一陶然。

与梦得沽酒闲饮且约后期

唐·白居易

少时犹不忧生计，老后谁能惜酒钱。
共把十千沽一斗，相看七十欠三年。
闲征雅令穷经史，醉听清吟胜管弦。
更待菊黄家酝熟，共君一醉一陶然。

注释

梦得：唐代诗人刘禹锡，字梦得。

沽酒：买酒。

后期：再相会的日期。

犹：还，尚且。

生计：生活用钱。

十千：十千钱，形容酒很贵。

征：征引。

雅令：高雅的酒令。

穷：追根溯源。

经史：经书和史书。

清吟：清雅地吟唱诗句。

家酝（yùn）：自己家酿造的酒。

陶然：闲适欢乐的样子。

译文

年轻时尚且不忧心生活，老了谁还可惜酒钱。

一同拿出十千买一斗美酒，两人都是离七十岁差三年。

悠闲喝酒行雅令穷尽经史子集，微醺中听着清雅的吟诗声胜过丝竹管弦。

再到菊花黄了，家酿熟了，还要和你一醉方休共乐陶然。

点评

北京有一个陶然亭公园，名字的由来取自唐代白居易的诗："更待菊黄家酝熟，共君一醉一陶然。"这句诗的出处就是《与梦得沽酒闲饮且约后期》。

《与梦得沽酒闲饮且约后期》作于唐文宗开成三年（838），此年白居易六十七岁，闲居于洛阳，他的好友刘禹锡与其同岁，也在洛阳任职，两人往来密切。因此，诗的颔联说"相看七十欠三年"，意思是两个人都是差三年才到七十岁的年龄。

刘禹锡来拜访老朋友，白居易盛情款待，掏出钱来就要买酒，与朋友把盏言欢。酒价不菲，十千钱才能买一斗，但白居易怎会可惜这点酒钱？年轻时生活困顿，他尚且没有为生计发过愁，更不要说到老钱财即将成为身外之物了，又岂能斤斤计较？而刘禹锡也不肯让朋友太破费，争着抢着要付酒钱，两个人一起拿出了十千钱，这就是"共把十千沽一斗"。

酒买回家后，两人惬意地喝起来。白居易和刘禹锡都是文采斐然的大诗人，喝酒也不能干喝，以什么来助酒兴呢？行酒

令！唐朝时，酒令的种类非常多，普通人喜欢行的酒令有划拳、掷骰（tóu）子、抛彩球等，而文人雅士则偏爱有知识含量的文字令，也就是雅令。在行雅令时，他们或吟诗作对，或征引经史子集，以玩文字游戏、进行智力竞赛为乐。

此时，白居易和刘禹锡一边悠闲地喝酒，一边行雅令，把经史子集追根溯源征引了一遍。一直喝到二人都有了醉意，在微醺中觉得吟咏诗文的清音比丝竹之乐还要美妙。这就是"闲征雅令穷经史，醉听清吟胜管弦"。

这样的诗友雅聚太美妙也太难得了，让人意犹未尽，因此白居易就和刘禹锡相约等到重阳节，菊花黄了，自家酿的美酒成了，两人再次相会闲饮，到时候，一醉方休，陶然忘忧。

白居易的诗，多取材于生活，文字浅近通俗，容易使人亲近。"更待菊黄家酝熟，共君一醉一陶然"，自然平实而又回味绵长，实在是闲适诗中清新醇厚的典范。我们读此诗，很容易被诗中流露的闲逸、放达所吸引，却不容易读出诗歌背后潜藏的悲哀。事实上，这首诗在欢乐的表象下掩藏着深深的寂寞，只有了解诗人的生平，方能感知。

白居易晚年的生活是比较安闲、平顺的，领着俸禄做着不需要干具体事的高级散官，有钱有闲，最后以刑部尚书的身份退休，可以说境遇不错。不过，在个人生活之外，大时代的环境却没有那么舒心。经历安史之乱后，到了白居易生活的中晚唐，整个社会处在一种动荡不安的状态中，各种乱象层出不穷。唐朝三大痼疾——藩镇割据、宦官干政、朋党之争，在白居易的时代，一下子都爆发出来。

在白居易一生中，几乎每年都有藩镇叛乱的消息传出，国家战事不断。三十四岁那年，白居易亲历了改变许多知识分子命运的"永贞革新"。"永贞革新"本来是一些士大夫为打击宦官势力、革除政治积弊进行的改革，但因为触犯了很多派系的利益，最后在宦官势力的强力阻挠下，仅维持了一百多天就以失败告终。在这场失败的革新中，白居易因为官职较低，没有卷入其中，而他的朋友刘禹锡却因为参与改革被贬到了朗州（今天的湖南常德），开启了磨难重重的一生。

从元和年间开始，以牛僧孺、李宗闵（mǐn）为首的牛党与以李吉甫、李德裕为首的李党展开了长达四十多年的党争，互相倾轧，把朝廷搞得一团糟。因为白居易曾上书为牛党一派的人说过几句公道话，他遭到了李德裕的排挤；而因为与亲近李党的元稹、李绅私交密切，他又被认为是李党之人，为牛党所忌。再加上他一贯旗帜鲜明地抨击宦官和藩镇，嫉恨他的人非常多。后来，白居易被贬到江州任江州司马（地方政府的低级文官），在那里，他写下了千古名篇《琵琶行》，因诗中有"座中泣下谁最多？江州司马青衫湿"之句，而诞生了一个成语"司马青衫"。这也是白居易政治生涯中遭遇的最大挫折。

有感于朋党倾轧、国家荒乱、民生疲困，白居易在五十岁过后，请求从中央外放到地方做官。他先后做过杭州刺史（刺史是州一级的地方长官）、苏州刺史，在地方任上施行了很多有利于民生的善政。比如，做杭州刺史时，他给西湖修筑了湖堤，便于蓄水灌溉田地；又疏通了城中六井，以供人们饮用。

年轻时的白居易有"兼济天下"的志向，写了大量反映社会现实的"新乐府"诗，如《卖炭翁》《秦中吟》等，旨在讽刺权贵，劝谏皇帝，改良政治。但上了年纪又遭遇政治挫折后，

他积极参政的热情慢慢熄灭了，转而向佛、道思想寻求安慰，笔下的诗文也从讽喻诗转向对日常生活的平淡书写。

晚年的白居易定居于洛阳，生活富足安逸，他曾写过《中隐》一诗，以"隐居"于"无公事""有俸钱""不劳心与力""又免饥与寒"的散官职位为自得。不过，生活虽然过得惬意，但内心是否真的能够完全屏弃对于政治的关心却不好说。在白居易与刘禹锡的这次闲饮后，刘禹锡也回赠了一首诗《乐天以愚相访沽酒致欢，因成七言聊以奉答》：

> 少年曾醉酒旗下，同辈黄衣颔亦黄。
>
> 蹴踏青云寻入仕，萧条白发且飞觞。
>
> 令征古事欢生雅，客唤闲人兴任狂。
>
> 犹胜独居荒草院，蝉声听尽到寒螀。

（注：觞，shāng，酒杯。螀，jiāng，古书上的一种蝉。）

这首诗写的也是这次闲饮，却不乏人生愁苦、世事艰难的伤感。刘禹锡的个性比白居易更刚直，人生际遇也比白居易磨难更多。他的诗在疏荡豪放中透露出深沉的寂寞与悲凉，而这寂寞与悲凉又何尝没有隐藏在白居易淡泊、闲适的诗后。经历了那么多政治风雨、宦海浮沉，这两个老哥们儿终于有闲情坐下来痛痛快快地喝杯小酒，但酒至微醺时，那浮上心头的往事，那被浪费掉的人生和青春，又有多少是可以彻底释怀的呢？

提分秘笈

《红楼梦》第四十回和第六十三回都有行酒令的场景描写。第四十回是刘姥姥二进荣国府，鸳鸯等人有意拿她取乐，席间让她行酒令。这种酒令雅俗共赏，有文化的公子、小姐们可以玩，不太有文化的丫鬟、仆人也可以玩。刘姥姥说的"大火烧了毛毛虫"，虽然粗俗，却也符合该酒令"押韵"的要求。第六十三回是群芳开夜宴，席间"占花名儿"的酒令，就是典型的"雅令"，几位主要角色抽到的花名及其对应的诗句，暗示了她们的性格与结局。

白居易（772—846），字乐天，号香山居士，又号醉吟先生，祖籍山西太原，生于河南新郑，唐代诗人。他与元稹共同倡导"新乐府运动"，世称"元白"，又与刘禹锡齐名，并称"刘白"。他痴迷作诗，如同着了魔，因而有"诗魔"之称。白居易的诗题材广泛，形式多样，通俗易懂，影响远至海内外，是继李白、杜甫之后唐代最伟大的诗人之一。

秋阴不散霜飞晚，留得枯荷听雨声。

宿骆氏亭寄怀崔雍崔衮

唐·李商隐

竹坞无尘水槛清，相思迢递隔重城。
秋阴不散霜飞晚，留得枯荷听雨声。

注释

骆氏亭：一个姓骆之人的园亭。

竹坞：竹园。

水槛：临水有栏杆的亭榭。

迢递：高远。

重城：高城。

秋阴：秋天的阴云。

译文

竹园没有尘土，水榭也很干净，我对你们的思念遥遥隔着高城。

秋天阴云不散，霜露降得偏晚，留下满池枯荷，陪我夜听雨声。

点评

秋天的雅趣除了赏菊、赏枫，还可以赏荷。只是此时的荷

已非亭亭玉立的碧荷，而是枯荷。可能你要说，枯荷有什么好赏的？！枝残叶败、枯索萎顿，一点生机和活力都没有。然而，在中国古典文学的意境中，这种萧索之美也别有意趣，"枯荷听雨"的意象就是唐代诗人李商隐的发明。

崔雍、崔衮是李商隐的两位从表兄弟，他们年龄应该比李商隐小，因此李商隐在诗题中直呼他们的姓名。就在李商隐写这首诗的两年前——大和七年（833），李商隐第三次参加进士考试落榜。落榜后，他投奔自己的从表叔——华州刺史崔戎。崔戎很器重他，待他不错，到兖（yǎn）州（今属山东济宁）上任也带他同行，崔戎的两个儿子崔雍、崔衮同李商隐更是情深义重。然而，不幸的是，李商隐追随崔戎仅一年，崔戎就去世了。崔戎去世后，李商隐陷入无人可依的困顿。大和九年（835）春，李商隐第四次参加进士考试，又没有考中，心情非常灰暗。他在长安和郑州之间来回奔波，其间曾到崔戎的旧宅凭吊他。这首诗的写作时间，大概也就在这一年秋。

李商隐的一生，充满了挫折和困苦。他十岁丧父，跟着寡母一直过着清贫的生活，最艰苦的时候，"四海无可归之地，九族无可倚之亲"。因此，他从小学习异常刻苦，希望能通过科举考试走上仕途，重振家风。

从十六岁开始，李商隐就为参加科举考试而进行"温卷"活动。所谓"温卷"，是唐代的一种科考陋习。当时，科举考试不匿名，进士录取并不只看考生的诗文水平，还要看是否有名望大的人的推荐。因此，在科举考试之前，考生要拿着自己的诗文作品去拜会达官贵人，托关系求推荐，这叫"行卷"。而如果投出的诗文没有回音，考生隔一段时间还要再呈递一次，

这就叫"温卷"。

李商隐在"温卷"的时候，受到了天平军节度使令狐楚的赏识。然而，作为一个出身贫苦的寒门子弟，他几次参加进士考试，都因为门第不高被主考官从榜上黜落，这让他心情异常苦闷。因此，失去靠山崔戎，再次落第后，李商隐倍感凄凉，这首《宿骆氏亭寄怀崔雍崔衮》就不免饱含身世感慨。

李商隐在旅途中寄宿于一骆姓人家的亭园。骆氏亭有水有竹风景秀雅，竹园洁净无尘，水榭清幽宜人。然而，面对这优美的园景，李商隐却生起对崔氏兄弟的怀念。有人认为这里的"重城"，就是城墙高高的长安城，是崔氏兄弟现在所居之地，也是李商隐倾尽全力也难挤进的政治圈层。因此，"相思迢递隔重城"一句寄托着深深的失路之悲。

"秋阴不散霜飞晚，留得枯荷听雨声。""秋阴"是秋天里的阴翳（yì）天气。生活经验告诉我们，当天气为阴天时，地气往往偏暖，这个时候霜露就不容易凝结，所以才有"秋阴不散霜飞晚"。而在清幽的此地，在相思的此刻，在阴翳的天气里，眼前的枯荷虽然残破，却可以在秋雨缠绵的夜里，陪伴不眠的诗人。枯荷听雨，听的不是雨，是寂寞。

这是一首忧伤但颇有清致，意蕴悠长的小诗。《红楼梦》第四十回写道，贾宝玉要把大观园里的枯荷拔掉，林妹妹出来阻拦，说自己独爱李商隐这句"留得残（枯）荷听雨声"。林妹妹本来就有诗人气质，她动辄临风洒泪的忧郁情怀，确实和李商隐深情绵邈、清丽感伤的风格相契合。"枯荷听雨"从美学意义上讲，如一幅水墨写意画，枯而有味，寂而有情，有声有色，在残缺中蕴藏着美感。

不过，李商隐的诗虽然很美，但有一些过于隐晦难懂，因此后代有"诗家总爱西昆好，独恨无人作郑笺"之说。"西昆体"是宋代的著名诗歌流派，推崇的就是李商隐；东汉郑玄为《毛诗传》作过笺注，非常经典，后来就成为"注解"的代称。没有人能给李商隐的诗作注释，让大家明白其意，这也就是后人不懂李商隐的遗憾。

提分秘笈

文学上有几个意境，是诗人独创的美好，除了"枯荷听雨"，还有"人面桃花""疏雨梧桐""深巷杏花"等。"人面桃花"出自唐代崔护的《题都城南庄》："去年今日此门中，人面桃花相映红。人面不知何处去，桃花依旧笑春风。"是诗人对离去的情人的眷恋。"疏雨梧桐"出自孟浩然的诗句："微云淡河汉，疏雨滴梧桐。"描绘一种静谧清幽的秋夜画面。"深巷杏花"出自宋代陆游的《临安春雨初霁》："小楼一夜听春雨，深巷明朝卖杏花。"是淡荡春光里的丝丝愁绪。正是诗人们的杰出创意，让我们今天看到花开，听到雨落，都能联想到超越现实的美丽诗意。

李商隐（约813—约858），字义山，号玉谿（xī）生，河南沁阳人，唐代诗人，和杜牧合称"小李杜"。李商隐的诗有唯美主义倾向，构思新奇，风格秾丽，爱情诗和无题诗尤其缠绵悱恻、真挚幽远。

投我以木瓜，报之以琼琚。

骑牛远远过前村，吹笛风斜隔陇闻。

采得百花成蜜后，为谁辛苦为谁甜？

今宵酒醒何处？杨柳岸，晓风残月。

长江绕郭知鱼美，好竹连山觉笋香。

立夏
螻蟈鳴蚯蚓出王瓜生
庚子秋朴常流於大理洱海

连雨不知春去，一晴方觉夏深。

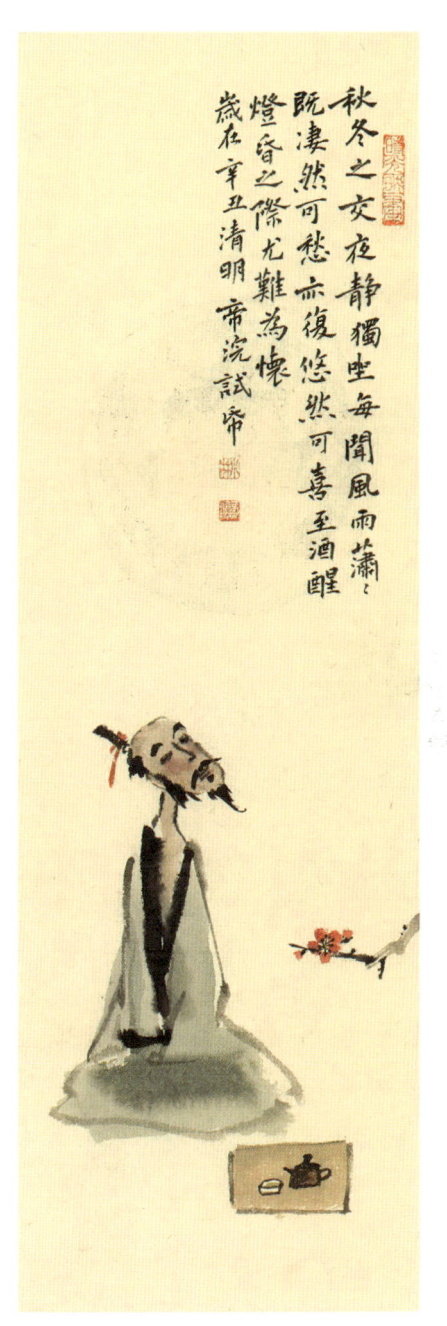

秋冬之交夜静独坐每闻风雨萧萧
既凄然可愁亦复悠然可喜至酒醒
灯昏之际尤难为怀
岁在辛丑清明帝沆试帚

谁念西风独自凉？
萧萧黄叶闭疏窗，沉思往事立残阳。

荷盡已無擎雨蓋菊殘
猶有傲霜枝一年好景君
須記最是橙黃橘綠時
丙甲秋日帝淀

荷尽已无擎雨盖，菊残犹有傲霜枝。
一年好景君须记，最是橙黄橘绿时。

維士與女伊其將
謔贈之以芍藥
丙申春日小林

穿花蛱蝶深深见，点水蜻蜓款款飞。

雏咿喔，雏出壳。毛斑斑，觜啄啄。
学飞未得一尺高，还逐母行旋母脚。

小满

苦菜秀靡
草死麦秋至

庚子秋
林帝浣
於大理
海西

狸奴小睡不知愁，忙添落花作锦衾。

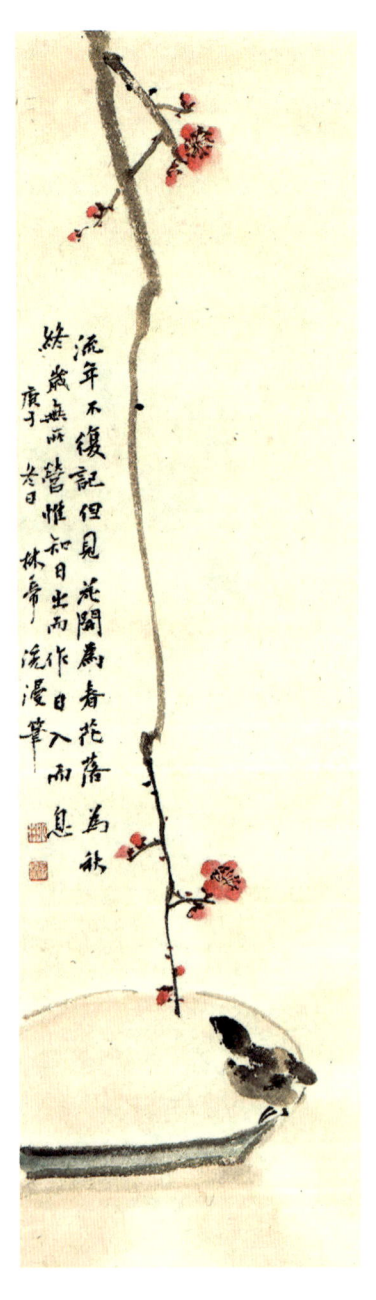

流年不復記但見花開為春花落為秋終歲無所管惟知日出而作日入而息
庚子冬日 林帝沈漫草

不经一番寒彻骨，怎得梅花扑鼻香。

螳螂不是当车者，接叶攀条隐绿丛。

照日深红暖见鱼，连村绿暗晚藏乌。

大雪

鹖鸟不鸣虎始交荔挺生
庚子之秋林帝浣於大理海西

伐木丁丁，鸟鸣嘤嘤。出自幽谷，迁于乔木。

思乐泮水，薄采其茆。

洌彼下泉，浸彼苞蓍。忾我寤叹，念彼京师。

小园台榭远池波，鱼戏动新荷。

白露

鴻雁來 玄鳥歸 羣鳥養羞

庚子秋日林帝沅扵海畔

天边树若荠，江畔洲如月。

帶雨有時種竹關門無事
鋤花拈筆刪刪舊句汲泉
發試新茶　辛丑暮春林

君自故乡来，应知故乡事。
来日绮窗前，寒梅著花未？

春风沉醉的晚上 丁酉春二月 小林写意

沙上并禽池上暝，云破月来花弄影。

有女同车，颜如舜华。将翱将翔，佩玉琼琚。

苕之华，其叶青青。知我如此，不如无生！

坎坎伐檀兮，置之河之干兮。河水清且涟猗。

惟有绿荷红菡萏，卷舒开合任天真。

峨眉山月半轮秋，影入平羌江水流。
夜发清溪向三峡，思君不见下渝州。

看人浇白菜，分水及黄花。

人生若只如初见，何事秋风悲画扇。

春分

玄鸟至雷乃发声始电

庚子秋林帝浣北大理海西窗下

昨夜江边春水生，艨艟巨舰一毛轻。

漠漠水田飞白鹭，阴阴夏木啭黄鹂。

日落江湖白，潮来天地青。

花間一壺酒獨酌無相親舉杯邀明月對影成三人月既不解飲影徒隨我身暫伴月將影行樂須及春我歌月徘徊我舞影零亂醒時同交歡醉後各分散永結無情遊相期邈雲漢　太白月下獨酌　庚子寒露齋浣

花间一壶酒，独酌无相亲。
举杯邀明月，对影成三人。
月既不解饮，影徒随我身。
暂伴月将影，行乐须及春。
我歌月徘徊，我舞影零乱。
醒时同交欢，醉后各分散。
永结无情游，相期邈云汉。

人生感怀

人间有味是清欢。

——宋·苏轼《浣溪沙·细雨斜风作小寒》

我有迷魂招不得，雄鸡一声天下白。

致酒行

唐·李贺

零落栖迟一杯酒，主人奉觞客长寿。
主父西游困不归，家人折断门前柳。
吾闻马周昔作新丰客，天荒地老无人识。
空将笺上两行书，直犯龙颜请恩泽。
我有迷魂招不得，雄鸡一声天下白。
少年心事当拏云，谁念幽寒坐呜呃。

注释

致酒：劝酒。

行：乐府诗的一种体裁。《致酒行》为歌行体诗。

栖迟：漂泊、失意。

觞：酒杯。

龙颜：代指皇帝。

拏（ná）云：高远入云。

呜呃：悲叹。

译文

我身世飘零、失意彷徨，只有眼前这一杯酒；主人举杯招待客人，祝客人我健康长寿：

"主父偃（yǎn）西游长安困顿不归，家人想他折断了门前的垂柳。

我听说马周昔日做客新丰旅舍，等到天荒地老也没人认识他。

不过凭借纸上两行奏议，他们就直接面见皇帝得到了恩宠。"

"我有迷失的魂魄招不回来，但我相信雄鸡一唱，天下必然大亮。

少年壮志当高远入云，谁会怜惜你困顿独处，唉声叹气？"

点评

我们在小学课本里都学过明代唐寅的《画鸡》：

> 头上红冠不用裁，满身雪白走将来。
> 平生不敢轻言语，一叫千门万户开。

这首诗描写了一只红冠白羽、器宇轩昂的雄鸡清晨报晓的威武神态，寄托了诗人渴望一鸣惊人的抱负和情怀。除了唐寅的《画鸡》，与"雄鸡报晓"有关的诗句，最著名的大概就是李贺的"我有迷魂招不得，雄鸡一声天下白"。这两句诗就出自《致酒行》。

《致酒行》作于元和五年（810）冬至，李贺二十一岁。这一年，欣赏李贺的韩愈做了河南令，李贺前去参加河南府试，顺利通过，于冬天入长安，准备参加之后礼部的进士考试。就在这时，有人出于忌妒，诋毁李贺，说：李贺的父亲名"晋肃"，"进"和"晋"同音，按照科考要避开父祖名讳的原则，李贺是不应该参加进士考试的。这当然是无稽之谈，韩愈甚至为了替李贺辩护，作了一篇《讳辩》来争论李贺该不该避讳。无奈，现实中，唐朝科考重

视避讳已经到了极端的程度，最后，李贺不得不作出决定，放弃参加进士考试。

失去考进士的机会，这对李贺来说，是一个沉重的打击。在唐代，进士是非常难考的，虽然说是每年都有考试，但其实有的年头举行，有的年头不举行，而且每次通过选拔的人数很少，有时不过数十人，有时连十人都不到。因此，当时有"五十少进士"的说法，意思是五十岁考中进士也算年轻的。故而进士考试尤其为文人所重，一个人如果不是进士出身，哪怕他后来位极人臣，也被称为"白衣公卿"或"一品白衣"，总之是有缺憾的。

李贺从少年时期作诗就很刻苦。他长得纤细瘦弱，双眉连在一起，手指很长，能苦吟，擅长奋笔疾书。他每天早上出门，骑一匹瘦马，后面跟着一个小童，背着古旧的锦囊。遇到有心得之处，就写下来，投到锦囊里，晚上回家，即成诗作。不是遇到大醉或吊丧的日子，几乎天天如此。他的母亲让婢女翻他的锦囊，一旦发现他写了很多，就既担心又生气地说："儿子，你是要把心呕出来才作罢啊！"这就是成语"呕心沥血"中"呕心"一词的出处。

李贺天分也极高。相传他七岁即能写出很好的诗文，诗名甚至传到了文坛领袖韩愈和皇甫湜（shí）耳中。韩愈和皇甫湜亲自登门拜访，命他赋诗以试其才。李贺奋笔疾书，如同早已打好腹稿，立成《高轩过》一首，韩愈和皇甫湜当下叹服。

李贺十八岁到东都洛阳求仕，拿着自己的作品拜谒韩愈。韩愈送客归来，本来极其困倦。门人把李贺的诗呈给他，韩愈解了衣带，打算边休息边阅读。没想到刚读到首篇《燕门太守行》第一联："黑云压城城欲摧，甲光向日金鳞开。"他就被李贺的诗

才折服，当下又把衣带系好，命人立刻去请李贺。

年轻、刻苦而又有天分，这样的人本来应该很容易实现人生梦想的，但就在李贺打算大展宏图之际，他却遭到了"科举避讳"事件的打击，失去了进入仕途的机会。因此，他的满腔抱负都化为愤懑抑郁，倾泻于这一时期的诗中——"看见秋眉换新绿，二十男儿那刺促""长安有男儿，二十心已朽""我当二十不得意，一心愁谢如枯兰""不见年年辽海上，文章何处哭秋风"……这首《致酒行》也正作于此时。

《致酒行》中有一个"主人"，有一个"客"。"客"是李贺，而"主人"就是与李贺对话、劝酒的人。这位主人应该很同情李贺的遭遇，席间说了一番劝慰之语。于是，李贺就借这位主人之口大抒胸臆，倾吐了一番不平之气。

此诗前两句是李贺自述：我在漂泊、失意的时候遇到这位主人请我喝酒，主人捧起酒杯祝我健康长寿。

中间六句是"主人"宽慰"客人"的话。"主人"说，西汉的主父偃未显达时，也曾西游长安，困留异乡多年，家人思念他，折柳频寄，门前的柳树都被折秃了。唐初的马周低微之时，也曾客居于新丰的旅店，天荒地老无人赏识，一直遭到冷遇。

"主父"即主父偃，是汉武帝时期的名臣。主父偃早年游历四方以寻求入仕的机会，一直被人轻视，生活很艰难。后来，他西入长安，拜见卫青。卫青屡次向汉武帝推荐他，皇帝都没有召见。在长安困游多日后，他的钱财用光了，他所寄食的人家都很讨厌他。于是，主父偃就直接写了份奏章，陈述自己的政见，送达汉武帝。结果，早上奏章呈上去，晚上汉武帝就召见了他，不仅拜他为郎中（给皇帝当顾问的高官），而且一年内连升四次。

马周是唐太宗时的名臣，也曾在籍籍无名时西游长安，住在新丰（在今西安市临潼区东北）的一家旅店。因为他无财无势，旅店主人只管供应住宿的商贩，从不照顾他。后来马周投靠中郎将常何。有一年，唐太宗命令百官上书讨论政事得失。常何是个武官，没有学问，于是马周就替他拟写了二十多条意见，帮他交差。唐太宗读后，觉得很合自己的心意，奇怪常何怎么会有如此才能。常何说是自己的门客马周写的。唐太宗立刻就要把马周招来谈话，甚至因为他来得慢了点，派遣使者催促了三四次。此次谒见，二人相谈甚欢，马周从此飞黄腾达。

　　主父偃和马周都没有通过常规的选拔入仕，而是通过直接向皇帝上书由平民直接跻身上流，在他们得势前，都过着困顿的生活。因此，"主人"举此二人的事例，意在宽慰李贺：这两个人都只不过是在纸上写了两行奏书，直接呈交给皇上，就得到了皇上的恩宠。你没有参加进士考试亦不必伤心难过，你的困顿也是暂时的。你有写诗文的才华，以后说不定同样有机会轻而易举地获得赏识。

　　"主人"的话应该是起到了安慰的作用，故而，李贺的志气被激了起来，回答说："我有迷魂招不得，雄鸡一声天下白。""招魂"本是古代民俗，古人认为人有魂魄，会在生病或死亡时离开躯体，因此要举行招魂仪式，呼唤灵魂归来。《楚辞》里就有名篇曰《招魂》。李贺说自己有迷失的魂魄招不得，表达的正是一种深切入骨的绝望。但他笔锋一转，又表示相信自己会像雄鸡报晓那样一鸣惊人，这是在黑暗中看到光明，在绝望中看到希望。诗的结尾承接上句，仍是李贺对自己的勉励："少年当有凌云之志，谁会怜惜你困顿失意、唉声叹气呢？"

宋代刘辰翁评论此诗"起得浩荡感激",而"末转慷慨,令人起舞"。事实上,这首诗虽有一个光明的尾巴,但诗人内心未必真的相信自己会有主父偃和马周那样的幸运。李贺一生担任的最高职位不过是奉礼郎——一个掌管朝会、祭祀礼仪的小官,这当然不是他的志向。因此,李贺直到二十七岁去世,也没有真正实现"雄鸡一声天下白"的梦想。

毛主席很欣赏李贺的"雄鸡一声天下白",他在 1950 年 10 月中华人民共和国成立一周年国庆之际,于《浣溪沙·和柳亚子先生》一词中化用李贺此句,作"一唱雄鸡天下白",表达的意思是:新中国成立之后万象更新,正像雄鸡一唱天下迎来光明。足见此句之不朽。

提分秘笈

李贺有"诗鬼"之称,这大概是因为他喜欢在诗里用"死""哭""泣""泪"等字眼,故其诗凄然有鬼气。这首诗用了"招魂"的意象,又用了"幽寒""呜咽"这样的词,确实给人以幽冷森然之感,虽不是诗的主调,亦颇有李贺色彩。

李贺(790—816),字长吉,河南宜阳人,唐代诗人。李贺英年早逝,其短暂的一生充满苦闷,因此诗歌多有生不逢时、怀才不遇之叹。他的诗想象奇特,大胆采用神话意象,充满浪漫主义色彩,幽奇之处森然有鬼气,故有"诗鬼"之称。

烟销日出不见人，欸乃一声山水绿。

渔 翁

唐·柳宗元

渔翁夜傍西岩宿，晓汲清湘燃楚竹。
烟销日出不见人，欸乃一声山水绿。
回看天际下中流，岩上无心云相逐。

注释

傍：靠近。

西岩：指永州境内的西山。

汲：取水。

清湘：清澈的湘江水。

楚竹：楚地的竹子。永州古代属于楚地。

销：同"消"，消散。

欸（ǎi）乃：象声词，一说是划桨或摇橹（lǔ）的声音；一说是划船时唱的渔歌。

无心：出自陶渊明《归去来兮辞》："云无心以出岫（xiù）。"

译文

渔翁夜里在西山脚下宿眠，早上汲取清澈的湘江水，燃烧竹子做饭。

烟雾散去，太阳出来，他不见了踪影；一道击水之声响起，山水瞬间变绿。

顺流来到江中回头望向天际，岩石上白云无心自由嬉戏。

点评

我们在小学课本上都学过柳宗元的《江雪》：

> 千山鸟飞绝，万径人踪灭。
>
> 孤舟蓑笠翁，独钓寒江雪。

这首诗短短四句，塑造了一个冰天雪地、荒寒冷峭的世界，把渔翁清高、孤傲的精神境界展现在读者面前。这首诗作于柳宗元参与"永贞革新"失败后、被贬永州司马期间，诗里的冰天雪地，象征着现实世界的残酷与寒冷；而诗里的渔翁，正是诗人孤独、傲岸人格的化身。

无独有偶，在贬谪永州期间，诗人还写过一首与"渔翁"有关的诗，这两首诗对照着读，别有一番意趣。

如果说《江雪》里的渔翁是一个孤独、清冷的形象，那么这首诗里的渔翁，更像一位悠然自得的隐士。他夜里把船停靠在西山脚下歇宿，早上汲取清澈的湘江水烧竹做饭。等炊烟消散、太阳升起之后，他突然不见了踪影，直到一道摇橹声划破寂静，我们才知道渔翁要去打鱼了，而山水随着这"欸乃"一声，瞬间焕发生机，更显青绿。渔翁顺流而下，来到江水中央，他回首眺望天际，那西山上的白云卷舒无意，正在自由自在地追逐嬉戏。

柳宗元的山水诗清新、自然、明净、淡泊。"烟销日出不

见人，欸乃一声山水绿"，被称为"古今绝唱"，苏轼赞其有"奇趣"。不过，苏轼认为，此诗最后两句"回看天际下中流，岩上无心云相逐"可以删去。他的这种观点，有人支持。只是，诗的最后两句也并非多余，从这两句诗，我们可以一窥诗人复杂而多彩的内心世界，从而使诗的"景语"与"情语"更加融合。

柳宗元参与"永贞革新"是在唐顺宗永贞元年（805），那一年他三十三岁，正是年轻有为的年龄。然而"永贞革新"仅仅维持了三个月就失败了。新即位的唐宪宗对革新派非常厌恶，不但把他们都贬到偏远地区，还一贬再贬。柳宗元一开始被贬为邵州刺史，还没走到任上，就接着被贬为永州司马（地方政府的低级文官）。而且柳宗元不是一个人被贬，他的从弟、内弟等也都受到牵连，一同被贬到永州。

柳宗元在永州谪居了十年，其间，他的母亲因为受不了环境的恶劣在第二年生病去世，他的女儿只有十岁，后来也早夭了。直到唐宪宗元和十年（815），柳宗元四十三岁时，皇帝才听从了大臣的建议，把柳宗元升为刺史（州一级的地方长官），不过让他所守之地却是更为偏远的柳州。柳宗元在柳州当了四年刺史，实施了很多有利于百姓的善政，四十七岁病故于此。

回首柳宗元的后半生，几乎都是在失意中度过的。他的理想仅仅伸张了三个月就化为泡影，他的余生只有贬谪之地的寂寞山水与之相伴。被贬为永州司马当年，他就作了一篇《吊屈原文》，把自己比为去国怀忧的屈原，以抒愤郁之情。而《江雪》与《渔翁》里的渔翁，并不只是"打渔人"这个简单的身份，还寄托着更深远的文化意蕴。

《楚辞》中有一篇《渔父》，虚构了一个与屈原对话的渔翁形象。在这个故事里，渔翁看到被流放的屈原为了追求理想殚精竭虑、形容憔悴，就劝他做人不要太死板，而要灵活处世。同样的，《庄子·杂篇·渔父》里也虚构了一个与孔子对话的渔翁的形象。这个渔翁面对为践行儒家"仁义"理想而奔波劳碌的孔子，讲了一番贵天真、顺自然的大道理。这两个渔翁可以说都是道家隐士的化身，他们代表的也是道家的出世思想和隐逸文化，而与之相对的屈原和孔子，则是积极入世的儒家文化的代表。

　　中国的士大夫有个特点，那就是当他们仕途比较顺利，理想得以实现的时候，就会倾向于积极入世的儒家文化，而一旦仕途不顺、理想受挫，则往往转向道家、佛家以寻找精神的慰藉。《江雪》和《渔翁》里的渔翁，正是柳宗元在逆境中为自己寻找的精神寄托。

　　现实里的柳宗元遭遇了人生最惨痛的重创，他的心情压抑而沉重。因此，在《江雪》里，"独钓寒江雪"的渔翁，于淡泊中又含一腔孤愤，于超脱中又见一丝寂寞。而在《渔翁》里，回头看那"无心相逐"之白云的渔翁，在恬淡、自足中，又露出隐隐的不安，他似乎想刻意进入无欲无求的忘我境界，然而人间的纷扰又何曾真正从他心头消失！

提分秘笈

　　"渔翁"在中国文化中寓意深远，经常指代有道的隐士。像这样具有文化象征意义的事物，古诗文中有很多。比如，"梅

兰竹菊"象征君子；"杨柳"象征别离；"红豆"象征情人之间的思念；"松柏"象征坚韧的品格……理解了这些常见意象的内涵，能帮你更好地读懂古诗文。

柳宗元（773—819），字子厚，山西运城人，唐代文学家、思想家，为"唐宋八大家"之一，和韩愈并称"韩柳"，和刘禹锡并称"刘柳"。柳宗元的散文说理性强，笔锋犀利，辛辣老到；其诗歌朴素自然、清新淡雅，有高超的艺术魅力。

名句

笙歌归院落，灯火下楼台。

宴 散

唐·白居易

小宴追凉散，平桥步月回。
笙歌归院落，灯火下楼台。
残暑蝉催尽，新秋雁带来。
将何迎睡兴，临卧举残杯。

注释

宴散：家宴散场。

追凉：乘凉、纳凉。

平桥：没有弧度的桥。

将何：拿什么。

睡兴：睡眠的兴致。

残杯：剩下的酒。

译文

小宴追着凉风散场，平桥踏着月光回家。

笙歌收回院落，灯火退下楼台。

残余的热气被蝉鸣催尽，美好的新秋被大雁带来。

拿什么迎接酣眠的兴致？临睡前再喝点剩下的小酒。

残暑消尽、清秋归来的时候，如果只能选一首诗来代表秋的清透与高朗，那么我会选白居易的《宴散》。

大家都知道，白居易年轻的时候，是"新乐府"运动的倡导者，创作了大量"为民请命"的诗歌。这些诗歌非常尖锐，矛头直指权贵显臣，他因此得罪了不少人，仕途一度受到打压，最惨的时候，被贬到荒僻的江州做州司马。在江州司马任上，白居易写下了触动无数失意人的《琵琶行》，"同是天涯沦落人，相逢何必曾相识"几乎成为不得志者最凄切的心声。

然而，到了中年以后，也许是经历了政治波折，希望全身避祸；也许是看多了政治黑暗，磨损了胸中壮志，白居易参与政治的热情慢慢消退，转而生起了隐居避世的念头。此时，他虽然还在当官，但这些官职都是待遇不错却没有实际权力也不用做什么事的散官。散官身份给他带来安稳舒适的生活，让他衣食无忧，因此，白居易就慢慢走上了半官半隐的"中隐"之道。

他用半认真、半戏谑的心态写过一首《中隐》诗："大隐住朝市，小隐入丘樊。丘樊太冷落，朝市太嚣喧。不如作中隐，隐在留司官。似出复似处，非忙亦非闲。不劳心与力，又免饥与寒。终岁无公事，随月有俸钱……"可以说是对他中晚年的生活状态最好的总结。

白居易从一个热血偾张的"愤青"转变成乐天安命、随分知足的"生活家"，天天诗酒弦歌，乐以度日。他在洛阳购置私宅，蓄养乐伎，组成颇具规模的乐队，还亲手谱写过许多乐曲，弹琴吹笙，指挥乐队。他的家颇像一个文艺沙龙，"亲宾有时会，琴

酒连夜开",他就这样过着潇洒的生活,不时写写小诗,但已不再是《卖炭翁》那样的讽喻诗,而是《宴散》这样的闲适诗。

《宴散》作于大和五年(831),诗人六十岁。这首诗描写了一次平常的家庭宴会结束后的场景。从"小宴"二字可以看出,它不是"华宴",不是"盛宴",不是官场没完没了的饭局应酬,却很可能是三五知己的雅聚。尝尝美食,品品佳酿,听听乐队的演奏,酒酣耳热之际,可能还会醉眼蒙眬地唱上几句,虽不奢靡,却无比惬意。

因此,当初秋的夜风吹起,微凉习习,酒宴兴尽而散,诗人踏着月光,走过小桥,平步而归,我们仿佛还能感受到他微醺的愉悦。他玩味着宴会刚结束那会儿,优美的笙歌停下,余音却还在院中徘徊,仆人们举着火烛送客人下楼,灯火辉煌处,一片旖旎。他突然觉得这秋天格外美好,残存的暑气在蝉鸣的催促下似已消尽,清新的初秋好像被大雁振翅带来。这种兴奋让他不知如何入眠,临睡前再斟杯小酒,好让自己酣然入梦。

宋代大词人晏殊曾认为:"老觉腰金重,慵便枕玉凉"这样的诗不是富贵语,"笙歌归院落,灯火下楼台"才是善于写富贵的诗。白居易摒弃了金玉锦绣的庸俗字眼,只用疏淡的笔墨,就写尽了富贵与繁华,寥寥数语,太平之气尽显其中。也许,这就是绚烂至极归于平淡。

提分秘笈

白居易的"闲适诗"很像一篇篇有文采的日记,随意、浅淡,却有浓郁的生活气息在其中。如果你觉得命题作文不好写,可以试试在日记里畅所欲言。而日记,也不必都记成流水账,可

以尝试加点文采，用文学手法记录真情实感。写多了，不仅能提高作文成绩，而且可以让你回顾往昔时，发现用优美语言记下的似水流年是那么耐人寻味。

人间有味是清欢。

浣溪沙·细雨斜风作晓寒

宋·苏轼

元丰七年十二月二十四日，从泗州刘倩叔游南山。

细雨斜风作晓寒，淡烟疏柳媚晴滩。入淮清洛渐漫漫。

雪沫乳花浮午盏，蓼茸蒿笋试春盘。人间有味是清欢。

注释

泗（sì）州：古地名，在今安徽、江苏境内。

刘倩叔：泗州人，苏轼之友。

南山：即泗州南边的都梁山。

疏柳：排布不密的柳树。

媚：使其美好柔媚。

清洛：汴渠原来引的是黄河水，后来改引洛水，泥沙减少，称为清汴或清洛，经泗州注入淮河。

漫漫：时间长久或空间辽远的样子。

雪沫乳花：烹茶时浮起的白色泡沫。

盏：茶杯。

蓼（liǎo）茸：蓼菜的嫩芽。

蒿（hāo）笋：一说为芦蒿的嫩茎，一说为茭（jiāo）白。

春盘：唐宋以后，立春之日有食春饼、生菜、果品之俗，将其装盘食之，即称为春盘。

清欢：清淡的欢愉。

译文

细雨斜风让早晨微寒，淡烟疏柳明媚着晴朗的河滩，流入淮河的清洛之水渐渐辽远。

雪沫乳花漂浮于午茶的杯盏，蓼芽蒿笋让人初尝新鲜的春盘，人间最有味道的，还是这清淡的口腹之欢。

点评

《舌尖上的中国》每一季播出，都会撩拨大江南北无数吃货的味蕾。《舌尖上的中国》为什么这么吸引人？不仅因为吃、寻找美食是一种强烈的生物本能，还因为食物书写了中国人的乡愁记忆，承载着我们对美好生活的憧憬。

中国的饮食文化源远流长，中国传统文人并不是只懂"修身、齐家、治国、平天下"宏伟理想的书呆子，他们一样很懂一粥一饭烟火味道对生命的滋养。比如苏轼，关于他的传说，总有几分跳脱士大夫酸腐气味的家常亲切。

苏轼可谓文人中最懂吃、最会吃的老饕。据说他被贬官到黄州做团练副使时，发现当地的猪肉物美价廉，而老百姓却不懂得吃，于是，他发明了一种猪肉的吃法——将猪肉切为方块，加酱油和酒小火慢炖，炖到烂熟，就可以起锅开食了。这样的

肉，入口即化，连没牙的老人都可以吃，这就是大名鼎鼎的"东坡肉"。

为此，苏轼还写了一首《猪肉颂》来详细介绍"东坡肉"的制作过程：

"净洗铛（chēng），少著水，柴头罨（yǎn）烟焰不起。待他自熟莫催他，火候足时他自美。黄州好猪肉，价贱如泥土。贵者不肯吃，贫者不解煮，早晨起来打两碗，饱得自家君莫管。"

除了爱吃猪肉，苏轼还喜欢吃鱼，每有朋友造访必烧鱼，今天饭馆里还流传着苏轼发明的菜式"东坡鱼段"和"东坡鱼茸羹"。

关于他爱吃、会吃的段子不少，不过，事实上，在他漫长的政治流放生涯中，他品尝更多的不是肥甘肉厚，而是生活的粗粝、衣食的清苦和失意的酸涩。

这首词上阕写苏轼与友人游南山所见的朦胧春色，下阕写午间在山野农家品清茗尝素蔬的舒适惬意。他们清早出发，微风轻轻地吹着，细雨绵绵地下着，空气中有丝丝凉意，却没能阻挡他们游春的兴致。他们来到汴水注入淮河的河口，天光放晴，空气雾蒙蒙的，如轻烟浮动，柳树三三两两疏朗地立于河边，在阳光下柔媚地轻舒软枝。眼前的汴水，澄澈清明，汇入淮河后，越流越开阔，最终化为无边的空茫。

中午，他们就食于山村农舍。菜为蓼菜的嫩芽、芦蒿的嫩茎，盛于春盘中，以应时令。汤为清茶一盏，滚烫地奉上，茶面还漂浮着烹茶时泛起的白沫，如雪晶莹，如奶醇厚。这样的食物、茶饮很朴素，远称不上珍馐美味，然而苏轼却吃得很满足，并不由

自主地发出感叹：人世间真正有滋味的还是清淡的欢愉啊。"人间有味是清欢"一句"质而实绮、癯（qú）而实腴（yú）"，令人回味无穷。

这首词冲淡、舒雅，把平平常常的一段山间旅行描写得引人入胜。然而，你若是了解这首词的创作背景，你会发现在苏轼所盛赞的"清欢"中，其实包裹着浓浓的苦涩。

元丰七年（1084），苏轼因为"乌台诗案"被贬谪黄州已经四年，这年他被宋神宗起用赴汝州任职。在上任的过程中，由于长途跋涉，旅途劳顿，苏轼不满两岁的幼子苏遁（dùn）不幸生病夭折。走到泗州的时候，他的盘缠全部花光，而去汝州的路还很遥远，再加上丧子之痛，苏轼便上书朝廷，请求前往常州任职，朝廷同意了。于是，在泗州小住的日子，他度过了一段远离纷扰、宁静安详的时光，这首词就作于此时。

苏轼把泗州的风光描写得很美，把农家的饭菜描写得很香，但其实他吃的不过是极其普通的野菜茶汤。然而，在苏轼心中，这已是世间最有滋味的佳肴，没有谁比一个伤痕累累的失意者更深地品尝到：走过大风大浪，经历大喜大悲之后，歇脚在一个宁静避风港，云淡风轻地吃一碗清粥小菜，那滋味有多美好。

提分秘笈

作文要想得高分，写好开头与结尾确实比较重要。就像苏轼这首词，整首词写得好，结尾结得尤其好。"人间有味是清欢"不仅诗韵悠远，而且是有名的金句。平常写作文，要注意把文章结尾收束得或有力，或有味，给阅卷老师留下

深刻的印象。就像归有光的《项脊轩志》，通篇都很平实、朴素，结尾一句："庭有枇杷树，吾妻死之年所手植也，今已亭亭如盖矣。"意味深长，催人泪下，可谓结得奇警。

苏轼（1037—1101），字子瞻，号东坡居士，北宋文学家、书法家、画家。苏轼在诗、词、散文、书、画等方面都取得很高的成就。其诗题材广阔，清新超迈，与黄庭坚并称"苏黄"；词开豪放一派，与辛弃疾并称"苏辛"；散文宏富雄壮，与欧阳修并称"欧苏"，为"唐宋八大家"之一；书法和绘画亦造诣极深。后人评价说："苏轼是全才式的艺术巨匠。"

名句

小楼一夜听春雨，深巷明朝卖杏花。

临安春雨初霁

宋·陆游

世味年来薄似纱，谁令骑马客京华？
小楼一夜听春雨，深巷明朝卖杏花。
矮纸斜行闲作草，晴窗细乳戏分茶。
素衣莫起风尘叹，犹及清明可到家。

注释

临安：今浙江杭州。

霁（jì）：雨后或雪后转晴。

世味：人情冷暖，人世间的滋味。

客：旅居。

京华：京城的美称。

矮纸：短纸。

斜行：倾斜的字行。

草：草书。

晴窗：照进阳光的明亮的窗户。

细乳：沏茶时，漂浮在水面的白色泡沫。

戏：取乐。

分茶：宋代煎茶的方法，把茶叶放置在盏内，注入沸水，然后用茶箸搅拌，使汤水形成各式各样的波纹。

素衣：白色的衣服，比喻清白的操守。

风尘：风扬起的灰尘，比喻社会的肮脏纷乱。

犹及：尚能赶上。

译文

人情这些年来淡薄得像纱，又是谁让我骑着马做客京华？

躲在小楼一夜卧听春雨，第二天深巷有人叫卖杏花。

短纸斜斜挥洒闲作草书，晴窗戏看细沫上浮无聊分茶。

不要叹息说白衣都被风尘染成了黑色，清明还能赶上回到山阴我的老家。

点评

在中学课本里，南宋诗人陆游被贴的最大标签是"爱国诗人"，这似乎意味着他只写"铁马冰河入梦来"之类慷慨悲壮的诗，但事实上，陆游是个非常多面、多情的诗人，他的诗中缠绵悱恻、婉约闲适的佳作并不少，比如这首《临安春雨初霁》，就以清丽、恬淡的风格，成为诗歌中的名篇。

这首诗作于宋孝宗淳熙十三年（1186），这一年陆游六十二岁，已经被罢官在家整整五年。此年春，他被朝廷起用，任命为严州知府，入朝觐见皇帝，暂时寓居于杭州西湖边一个旅店内。在等待皇帝召见的漫长时间里，他无所事事，写下这首诗，表达了一种愁肠百结而又冲淡悠游的心情。

首联，诗人毫不客气地把人情冷暖之"冷"泼于纸上。比轻纱还要淡薄冷漠的人情，正是互相倾轧的官场的普遍习气。那么诗人为何仍要走马京华、客居旅舍，来当这个官呢？这首诗里只问了问题，没有给出答案。不过，了解陆游生平的人都知道，他之所以出来做官，既不为名，也不为利，而是希望有生之年，能为打退金人、收复北方失地贡献一份力量，为黎民苍生的温饱鞠躬尽瘁。因此，即便在这样一首散淡、恬静的诗里，他心中也依然放不下对国家、对百姓的牵挂。

颔联"小楼一夜听春雨，深巷明朝卖杏花"是全诗最美的一联。"小楼春雨""深巷杏花"，既是江南的婉约风景，又是最富有早春气息的节令物象。独卧小楼，听雨一夜，这不仅是诗人独有的浪漫情怀，更隐隐透出寂寞的心绪。这寂寞，不是伤春，不为己忧，是那夜夜挂心的国恨家仇，是一腔热血、半生壮志在岁月中消磨后留下的意难平，于是诗人才会彻夜难眠，才会把雨声听入心扉。

颈联，"闲作草"暗藏一个典故：东汉书法家张芝擅长写草书，但他平时经常写的还是楷书。别人问他为什么，他说："匆匆不暇草书。"意思是写草书太费时间，没工夫写。而陆游客居京华，却有闲暇在短纸上写草书以消遣，在雨后初晴的明窗下分茶、品茗取乐，足见其百无聊赖。陆游胸怀壮志，但始终没能得到重用，如今，国家正值危难之际，他却无力相助，只能为谋取一个小小的官职羁留京城，无聊地写草书、玩茶道，满心的无奈、愤懑，都隐藏在这联淡雅的诗句里。

尾联，"素衣风尘"句化用晋代陆机的诗句"京洛多风尘，素衣化为缁（zī）"。陆机诗的本意是抱怨官场污浊，清白之人久处其中，亦会染污。这里陆游反用其意以自我解嘲，意思是不要抱怨官场污浊、人情冷漠，想想清明节就可以回到山阴（今浙江绍兴）家中了，内心便有无限安慰。

清代舒位点评这首诗说："小楼深巷卖花声，七字春愁隔夜生。"这首诗不是一个功成名就从容赋闲的得意者的写照，而是一个年华蹉跎志气衰颓的失意者的叹息。不过，这叹息并不沉重，从"小楼一夜听春雨，深巷明朝卖杏花"里，我们感受到的不是浓得化不开的悲愁，而是带着潇洒风韵的轻愁，就像一声若有若无的叹息，淡淡地融化在了春光里。

提分秘笈

陆游一生笔耕不辍，创作诗篇近万首。他的豪放诗词激昂慷慨，闲适诗词冲淡平和，诗风兼具李白的雄奇奔放与杜甫的沉郁悲凉，尤因饱含爱国热情而对后世影响深远。此外，他还是杰出的书法家，书法遒劲刚毅，存世墨迹有《苦寒帖》等。

陆游（1125—1210），字务观，号放翁，浙江绍兴人，南宋爱国诗人。陆游生逢北宋灭亡之际，自幼深受爱国思想的熏陶，一生致力于抗金大业，却屡遭主和派排斥。他一生创作了九千多首诗，既有饱含热情的爱国诗，又有淡雅清新的田园诗，还有哀婉动人的爱情诗；他的词兼具豪放和婉约两种风格，散文也成就极高。周恩来总理评价陆游说："陆游的爱国性很突出，陆游不是为个人而忧伤，他忧的是国家、民族，他是个有骨气的爱国诗人。"

溪柴火软蛮毡暖，我与狸奴不出门。

十一月四日风雨大作二首·其一

宋·陆游

风卷江湖雨暗村，四山声作海涛翻。
溪柴火软蛮毡暖，我与狸奴不出门。

注释

溪柴：若耶溪出产的小把柴火。

蛮毡（zhān）：西南少数民族地区出产的毡毯。

狸奴：猫的别称。

译文

风卷过江湖雨黯淡乡村，四面山上声涛阵阵如海浪翻滚。

溪柴燃烧火苗软软热热，身上盖着蛮毡暖暖和和，这样的天气，我和小猫都不出门。

点评

一提到《十一月四日风雨大作》，我们首先想到的就是课本上陆游的爱国诗篇：

僵卧孤村不自哀，尚思为国戍轮台。

夜阑卧听风吹雨，铁马冰河入梦来。

　　这首诗充满舍身忘我的爱国主义豪情。然而，很多人不知道的是，在同一天，同一个场景下，陆游还写了一个姊妹篇，在另一篇中，陆游不仅是爱国诗人，还是资深猫奴，他既有壮怀激烈的爱国豪情，亦有撸猫的闲情雅致。可以说，既有格局，又懂生活。

　　吸猫是很多文艺青年的癖好，陆游先生也未能免俗，尤其冬天，窗外天寒地冻，屋里一炉、一毯、一猫、一人，就是整个春天。猫可以撸，可以吸，可以捉鼠保护书，还可以当作暖脚炉。因此，陆游笔下就有不少这样的诗句——"裹盐迎得小狸奴，尽护山房万卷书。""穀（gǔ）贱窥篱无狗盗，夜长暖足有狸奴。"可谓真正的爱猫人士。

　　农历十一月，已经是初冬到深冬的时令。《十一月四日风雨大作二首·其一》前两句描写了窗外的风雨。风雨漫山，翻江倒海，一片凄冷之声，切合诗题"风雨大作"。这样的天气，本来就容易让人心生寒意，何况陆游此时的身份是一个被罢免的官员，退居家乡山阴（今浙江绍兴）多年，已经是一位六十八岁的老人。因此，自然界的风雨，暗示的也是人生的凄风冷雨。

　　不过，境遇虽然不顺，诗人的乐观心态倒是不改。在《十一月四日风雨大作二首·其二》里，他说自己"僵卧孤村不自哀"，一心想的还是抗金大业；而在同一天写的这首诗里，他没有提及抗金大业，却写了自己与猫咪的日常闲趣，反而更加表现出一种阳光向上的精神。"溪柴火软蛮毡暖，我与狸奴不出门"，炉膛里燃着若耶溪的柴火，火苗柔软地烘着手心，诗人盖着温暖的毡毯与猫咪安居在家。这冬天里的一个小景，任何时候看，都是温馨、动人的。

　　这首诗没有宏大的主题，没有激昂的情绪，只是历史洪流里稍纵即逝的一朵浪花。然而，它给人的余味是隽永的。一只猫咪和它的猫奴，守着寒夜温暖彼此，风雨里，最好的人生莫过于此。

提分秘笈

　　语文考试中经常会遇到比较同一位诗人不同诗风的题目，这种同一个诗题下多首诗的题很容易考到。像这首诗，我们可以概括为"闲适"风格，表现日常生活的温馨、恬淡；而《十一月四日风雨大作二首·其二》，则是"豪放"风格，表现慷慨激昂的爱国主义情怀。

赠别酬答

青山一道同云雨,
明月何曾是两乡。

——唐·王昌龄《送柴侍御》

> **名句**
>
> 气蒸云梦泽，波撼岳阳城。

望洞庭湖赠张丞相

唐·孟浩然

八月湖水平，涵虚混太清。
气蒸云梦泽，波撼岳阳城。
欲济无舟楫，端居耻圣明。
坐观垂钓者，徒有羡鱼情。

注释

涵（hán）虚：天倒映于水中。

混：合为一体。

太清：天空。

云梦泽：江汉平原上的古代湖泊群，这里代指洞庭湖。

撼：摇动。

济：渡过河、湖等。

舟楫（jí）：船和船桨。

端居：隐居。

羡鱼：即"临渊羡鱼"，出自《淮南子·说林训》："临河而羡鱼，不如归家织网。"站在河边想得到鱼，不如回家去结网。比喻只有愿望而没有行动，对事情毫无用处。

八月洞庭湖水面上涨与岸齐平，水天一色，相互混融。

水汽蒸腾在云梦泽上，波涛撼动了岳阳城。

想要渡湖苦无船、桨，闲居不仕，耻对盛世的清明。

如果一直坐在旁边看别人垂钓，那就只有临渊羡鱼的心情。

点评

我们在课本上学过孟浩然很多首诗——《春晓》《宿建德江》《过故人庄》等。孟浩然是一位优秀的山水诗人，也是当时的著名隐士。孟浩然一向给人以淡泊名利的印象，然而，若仔细考察他的一生，会发现，他并不完全是个恬淡之人。为了步入仕途，他东奔西跑，其实也作了很多"求职"的努力。

这首《望洞庭湖赠张丞相》，初读是一首山水诗，结合标题再读就会发现，它其实是一首"干谒诗"。在唐代，人们要想做官，除了参加科举之外，还需要达官贵人的推荐。这种为了向达官贵人"推销"自己而创作的诗、文，就叫"干谒诗""干谒文"，相当于今天的"自荐信"。

这首诗诗题里的"张丞相"，即宰相张说（yuè）。开元四年（716），曾任宰相的张说被贬为岳州刺史，岳州政府所在地就在洞庭湖边的岳阳城。结合诗题与内容，这首诗显然是孟浩然写给张说，希望他能提拔自己的"求职书"。

诗的首联和颔联是景物描写。八月的洞庭湖水面上涨，与岸齐平，天空倒映在湖面上，水天一色，分不清哪是天，哪是水。水汽在湖面蒸腾，浪涛汹涌，仿佛能摇动岳阳城。这两联把洞庭

湖的晴雨两面描写得气势恢宏，颇有盛唐气象。"气蒸云梦泽，波撼岳阳城"是写洞庭湖的千古名句。

颈联和尾联是议论。我想要渡过洞庭湖，却苦于没有船和桨；我在这样的盛世隐居不做官，其实有愧于圣明的君王。我若是一直坐在旁边看别人垂钓，那无异于"临渊羡鱼"。因此，诗人没有明说的话就是——那就请张丞相提拔我，推荐我吧，我不会再隐居不仕，无所作为了。

这首诗把景物描写与议论结合得非常巧妙。写洞庭湖的壮阔，正是为了给后面的比喻作铺垫——把张丞相比作帮自己渡过洞庭湖的船与桨，把自己比作在洞庭湖边"临渊羡鱼"的人。

这首诗风格十分委婉含蓄，而孟浩然达到自己的目的了吗？事实上是达到了。张说由此很欣赏孟浩然，后来曾推荐过他。然而，终其一生，孟浩然的仕途还是不太顺畅，最终也没有太大的作为。有一个小故事，透露了孟浩然不得志的原因。

四十岁那年，孟浩然到长安参加进士考试，没有考上。落第后，他非常失落，写了首《岁暮归南山》倾吐积闷：

> 北阙休上书，南山归敝庐。
>
> 不才明主弃，多病故人疏。
>
> 白发催年老，青阳逼岁除。
>
> 永怀愁不寐，松月夜窗虚。

有一次，王维邀请孟浩然到宫内自己办公的地方相见，不料唐玄宗突然来视察。情急之下，王维让孟浩然躲到了床底下。唐

玄宗发现床下有人，问王维是谁。王维不敢隐瞒，据实相告。唐玄宗笑着说："朕听说过这个人，却从来没有见过，为什么要怕朕而躲起来呢？"于是命令孟浩然出来相见。

唐玄宗说："我早就听说你诗作得好，现在给朕背背你最拿手的诗吧！"孟浩然就背起了《岁暮归南山》。当他念到"不才明主弃"这句时，唐玄宗突然打断了他，一脸不高兴地说："是你自己不来应试求官的，跟朕有什么关系？朕从来没有弃你不用，你怎么能赖到朕头上呢？"说着便命令他出京还乡，孟浩然的仕途就这样断送了。

这个故事很有意思，但在另一个版本里，它与王维无关，而是讲张说在唐玄宗面前推荐了孟浩然。而且，在另一个版本里，唐玄宗表达了对"不才明主弃"的不满后，还说了句话："你为什么不背'气蒸云梦泽，波撼岳阳城'呢？"由此可见孟浩然的个性确实天真、单纯，缺乏城府、世故。也说明《望洞庭湖赠张丞相》一诗名气够大，连皇帝都很熟悉。后世诗评家评论此诗"雄壮""气概横绝"，对孟浩然的手笔称赞不已。

提分秘笈

这首诗可以与杜甫的《登岳阳楼》对照着来读：

昔闻洞庭水，今上岳阳楼。

吴楚东南坼，乾坤日夜浮。

亲朋无一字，老病有孤舟。

戎马关山北，凭轩涕泗流。

　　写这首诗时，杜甫已接近生命的终点，国家动荡不安，自己老境凄凉，因此，这首诗充满沉郁的情感。"吴楚东南坼，乾坤日夜浮"，在雄浑壮阔的景物描写中寄托深远的忧思，与孟诗有完全不同的情调。

　　孟浩然（689—740），湖北襄阳人，唐代诗人，和王维并称"王孟"。孟浩然的作品多为五言短诗，善写山水田园和隐居的逸兴，风格清新自然，明净幽远，以创造性的写法丰富了山水诗歌的意境。

名句

青山一道同云雨，明月何曾是两乡。

送柴侍御

唐·王昌龄

沅水通波接武冈，送君不觉有离伤。
青山一道同云雨，明月何曾是两乡。

注释

沅（yuán）水：即沅江，湖南第二大河流，在湖南西部。
武冈：今属湖南省邵阳市。

译文

沅江的波浪连着武冈，送别你，我却不觉得感伤。
一道青山连接你我同沐风雨，明月照耀，我们何曾身处两乡？

点评

在 2020 年年初暴发的新冠肺炎疫情中，中国收到了很多来自海外的援助。其中，来自日本的救援物资上的留言引经据典——"山川异域，风月同天""岂曰无衣，与子同裳""辽河雪融，富山花开；同气连枝，共盼春来""青山一道同云雨，明月何曾是两乡"……让人们重温古汉语的魅力，同时也感受到中日两国在文化上的血脉相连。2020 年高考语文全国 Ⅱ 卷还以此为素材，要求完成一篇演讲稿的写作。那么"青山一道同云雨，明月何曾

是两乡"出自何处呢？它就出自唐代诗人王昌龄这首《送柴侍御》。

王昌龄有"七绝圣手"的美称，在王昌龄的七绝中，最出色的是边塞诗，而最动人的则是送别诗。王昌龄一生酷爱交友，游历也十分广泛，每到一处和朋友相交，都会留下迎来送往的诗句。我们在语文课本上学过《芙蓉楼送辛渐》——"洛阳亲友如相问，一片冰心在玉壶"，可谓送别诗中的千古名作，而这首《送柴侍御》也同样清新真挚。

《送柴侍御》作于王昌龄晚年被贬龙标尉（县尉是地方上管治安的小官）的任上。王昌龄此次被贬的原因，史书说是因为他"不护细行"，也就是不拘小节，这可能与他恃才傲物的个性有关。王昌龄才华出众，三十岁进士登第，三十四岁登博学宏词科，在科举方面非常顺利。然而，他的官职却一直没有大的提升，反而因为过于直爽得罪了人，被贬到了荒僻的岭南。唐玄宗大赦天下，他被召回长安，后出任江宁丞（县丞是辅佐县令的低级官职）。因为心中充满失意，他不免表现出放浪形骸的姿态。在前往江宁上任的路上，他故意拖延时间，在洛阳一住就是半年，天天借酒浇愁。到了江宁以后，他又消极怠工，每天只是游山玩水，以此表达不满。这种意气用事的行为，招来了别人的议论，诽谤之声不绝于耳。

王昌龄被贬之地龙标在今天的湖南洪江，古代属于偏僻、蛮荒之地；武冈也在湖南境内，今天隶属于邵阳市，武冈和龙标之间的距离约有一百多公里。这位柴侍御是王昌龄的朋友，此时大概是要从龙标出发前往武冈上任，因此王昌龄写了这首诗为他送别。

送别之诗总是难免"黯然销魂"，但这首诗却写得乐观、豁

达，有种烟云氤氲的轻盈。为什么诗人"送君不觉有离伤"呢？因为龙标和武冈虽然两地相隔，却有一条沅江一衣带水，牵系着两地，也牵系着诗人与朋友的心。更何况，两地的距离并不算远，隔着一道青山，云雨都能共同沐浴。而当明月升起，对月怀远，天涯共此时，朋友又何曾真正别离！

"青山一道同云雨，明月何曾是两乡"，除了表达对朋友的劝慰，还包含着一层意思——此时，诗人正处于贬谪中，他身边的朋友应该也都不太得志，因此，这首诗通过云雨相同、明月共睹的表达，暗含愿与朋友风雨同舟、共渡时艰的决心。

王昌龄对柴侍御倾注了深厚的情谊，而这样的感情，另一位诗人李白也曾对王昌龄表达过——

> 杨花落尽子规啼，闻道龙标过五溪。
>
> 我寄愁心与明月，随君直到夜郎西。

这首《闻王昌龄左迁龙标遥有此寄》和《送柴侍御》一样真挚、清新，用充满深情的笔墨倾吐着对朋友的关心。这种关心，大概就是送别诗最动人的地方。

提分秘笈

"山川异域，风月同天"，出自日本奈良时代的汉语典籍《唐大和上东征传》："日本国长屋王崇敬佛法，（造）千袈裟，（来施）此国大德众僧，其袈裟（缘）上绣着四句曰：山川异域，风月同天。寄诸佛子，共结来缘。"意思是：我们不在同一个地方，没有共享同一片山川。但当我们抬头看天时，看到的是同一轮明月，感受到的是相同的清风。

"同气连枝"，出自南朝梁代周兴嗣的《千字文》："孔怀兄弟，同气连枝。交友投分，切磨箴规。"比喻一母同胞的兄弟姐妹。

　　王昌龄（698—757），字少伯，唐代诗人。其诗以七言绝句见长，尤以边塞诗最为著名，故有"七绝圣手"之称。他的诗意境开阔，音韵流丽，在抒情和场景描写上有极高的造诣。

娉娉袅袅十三馀，豆蔻梢头二月初。
蜡烛有心还惜别，替人垂泪到天明。

赠别二首

唐·杜牧

其一

娉娉袅袅十三馀，豆蔻梢头二月初。
春风十里扬州路，卷上珠帘总不如。

其二

多情却似总无情，唯觉樽前笑不成。
蜡烛有心还惜别，替人垂泪到天明。

注释

娉（pīng）娉：即娉婷，姿态美好的样子。

袅袅：细长柔弱的样子。

豆蔻（kòu）：常用红豆蔻含苞待放的状态来形容女子的年轻美丽。

译文

其一

姿态美好的少女刚刚十三岁出头，就像豆蔻绽放在枝头笑在二月初。

春风十里吹着扬州城的大路，那些卷上珠帘卖笑的女子和她

比都不如。

其二

明明多情却总是看上去很无情，只觉得酒杯前怎么笑也笑不成。

蜡烛也有心为我们伤感离别，替我俩淌着眼泪直到天明。

点评

今天我们形容十三四岁的少女充满青春活力的状态，常用一个成语"豆蔻年华"，这个成语就出自杜牧的诗"娉娉袅袅十三馀，豆蔻梢头二月初"。后来，"豆蔻"一词就成为十三四岁的女孩子的专指。

在《赠别二首·其一》里，姿态美好、举止轻盈的女孩子，只不过十三岁出头，就胜过扬州城中万千佳丽。为什么杜牧能把明媚俏丽的少女写得这么美好呢？正因为他是一位多情的风流才子。

大和二年（828），杜牧二十六岁，进士及第，雄心勃勃地展开了治国平天下的远大理想。然而，四年过去了，他依然做着低级官吏，并没有取得进展。正在这时，牛僧孺被任命为淮南节度使（节度使是唐代重要地区的军政长官），镇守扬州，他向杜牧伸出了橄榄枝，请他到自己的幕府任职。于是大和七年（833），杜牧来到扬州，在牛僧孺幕下担任文职。

杜牧才华横溢，同时也非常爱玩、爱宴游。他在牛僧孺幕下，工作一结束，就跑到青楼吃喝玩乐，和歌儿舞女往来密切。这一切牛僧孺都了解得一清二楚，每次杜牧出去玩的时候，他都会派人换上便服偷偷跟踪、保护他。后来，杜牧要离开扬州，牛僧孺

作为上司和长辈，在饯行宴上语重心长地对他说："你这个年轻人很有才华，本来是应该平步青云的，我就是有点担心你放纵无度，伤害身体啊。"杜牧嘴硬地说："我一直言行都很检点，您不必担心。"这时，只见牛僧孺微微一笑，打开一个箱子，从里面取出几百张小纸条，上面写的都是手下的密报：某年月日，杜牧又到哪儿哪儿哪儿花天酒地了。杜牧看了很惭愧，这才领悟牛僧孺的良苦用心。

就是在扬州的这段时间，杜牧结识了很多青楼女子，其中有一位年纪很小的歌伎，就是《赠别二首》的女主人公。他和这位美丽女子彼此产生了深厚的感情，度过了一段美好时光。然而，仅仅过了两年，大和九年（835），杜牧被朝廷调回长安。于是，他不得不和这位歌伎告别，《赠别二首》就是在这样的背景下写出来的。

我们对《赠别二首》里的第一首都很熟悉，而对它的姊妹篇略感陌生，其实这两首诗各有妙处：

在第一首《赠别》里，我们通过杜牧的眼睛，陶醉地欣赏到他要告别的这位歌伎的美丽：她青春漂亮，体态轻盈，如枝头二月初生的豆蔻花。这春风浩荡的扬州城，十里长街的歌楼舞榭，卷起珠帘卖笑的佳人无数，都比不过她青涩稚嫩的少女气息。

在第二首《赠别》里，我们看到诗人仿佛在剖析自己的内心，同时也在剖析女子的内心：我其实挺多情的，可表面上却总装作若无其事的冷淡模样，看似很无情。只是，再怎么努力伪装，我在离别的酒宴上也笑不出来，因为内心确实很伤感。所以啊，我没有流出的眼泪，就让蜡烛代我流吧，它燃烧了一夜，泪水也流淌了一夜，这就是我没有用语言道出的留恋。

如果说《赠别二首·其一》重在描写歌伎的美好，我们尚且看不到杜牧本人的心情，那么《赠别二首·其二》就比较直白地表达了离别的伤怀，真挚地道出了不舍之情。我们感受到表面冷淡的诗人其实内心炽热，他是个多情的人，也是个深情的人。

清代黄叔灿在《唐诗笺注》中评论《赠别二首·其二》："曰'却似'，曰'唯觉'，形容妙矣。下阕借蜡烛托寄，曰'有心'，曰'替人'，更妙。"宋人评杜牧的诗："豪而艳，宕而丽，其绝句于晚唐中尤为出色。"

提分秘笈

人的年龄在古代有很美好的称呼：女子十三四岁叫"豆蔻年华"；十五岁叫"及笄（jī）之年"，笄是束发用的簪子，用簪子把头发束起来，就表示成年了，可以嫁人了；十六岁叫"二八年华"，就是两个八年相加；二十岁叫"桃李年华"。男子十五岁叫"志学之年"；二十岁叫"弱冠之年"；三十岁叫"而立之年"；四十岁叫"不惑之年"；五十岁叫"知命之年"；六十岁叫"耳顺之年"；七十岁叫"从心之年"。男子年龄的说法出自《论语》："吾十有五而志于学，三十而立，四十而不惑，五十而知天命，六十而耳顺，七十而从心所欲，不逾矩。"

杜牧（803—852），字牧之，号樊川居士，陕西西安人，唐代诗人，和李商隐并称"小李杜"。杜牧出身名门，风流倜傥，有经世之才，却一直没得到重用。他的诗辞采华美、明丽隽永，有"雄姿英发"的俊逸之气，在晚唐诗人中独树一帜。

桐花万里丹山路，雏凤清于老凤声。

韩冬郎即席为诗相送

唐·李商隐

十岁裁诗走马成，冷灰残烛动离情。
桐花万里丹山路，雏凤清于老凤声。

注释

即席：当场。

裁诗：裁减内容、形式不好的诗句，这里代指作诗。出自杜甫《戏为六绝句·其六》："别裁伪体亲风雅，转益多师是汝师。"

走马成：形容才思敏捷。典故出自《世说新语·文学》：东晋的桓温北征时，命令袁虎在马前写公文，袁虎手不停笔，顷刻间写满七张纸，十分可观。李白《与韩荆州书》："虽日试万言，倚马可待。""倚马可待"也是此意。

桐花：梧桐树的花。相传凤凰非梧桐树不栖，因此文学中，桐花常和凤凰一同出现。

丹山：《山海经》上的丹穴之山，是出产凤凰的地方。

雏凤：小凤凰，比喻才华出众的小孩子。

译文

十岁作诗走马的工夫就能作成，"冷灰""残烛"之语颇能

触动离别之情。

桐花万里开在丹山的路上，小凤的鸣声清新赛过老凤之声。

点评

唱酬赠答的诗歌，或寄托友情，或迎来送往。我们在语文课本里学过的《赠刘景文》就是苏轼写给朋友刘景文，勉励他乐观向上的唱酬诗：

> 荷尽已无擎雨盖，菊残犹有傲霜枝。
> 一年好景君须记，最是橙黄橘绿时。

李商隐这首《韩冬郎即席为诗相送》也是一首唱酬之作。原诗标题很长："韩冬郎即席为诗相送，一座皆惊。他日余方追吟'连宵侍坐裴回久'之句，有老成之风，因成二绝寄酬，兼呈畏之员外。"

诗题中的韩冬郎名叫韩偓（wò），是李商隐的连襟韩瞻的儿子。所谓"连襟"，指的是他们的妻子是姐妹关系。李商隐和韩瞻娶的都是王茂元的女儿，彼此之间就是连襟。李商隐和韩瞻关系很好，他们不仅是姻亲，还是同一年中的进士，故称"同年"。"畏之"是韩瞻的字，"员外"即员外郎，官职名。唐人常以官职来称呼别人，表达一种敬意。

大中五年（851）七月，柳仲郢（yǐng）被任命为梓州刺史、东川节度使，他向李商隐发出邀请，请他到梓州任职。梓州在今天的四川绵阳，于是，这年秋，李商隐就准备动身向四川出发。在饯行的宴席上，年仅十岁的韩偓当场赋诗送别，语出惊人，这

就是诗题里所说的"韩冬郎即席为诗相送，一座皆惊"。

　　不过，李商隐作这首《韩冬郎即席为诗相送》，并不是在送他入蜀的宴席上，而是在入蜀之后的第二年，也就是大中六年（852）。这年春，韩瞻被任命为普州刺史，普州也在四川东部，上任时，他带着儿子韩偓。因为有相似的入蜀经历，李商隐就写了两首诗赠答韩瞻以及小韩偓，这里所选的为第一首。

　　在前一年的送别宴上，小韩偓只有十岁，却诗才惊人，他写给李商隐的赠别诗今天已看不到全貌，但从诗题我们可以知道其中有一句"连宵侍坐裴回久"。对于这句诗，李商隐尤其欣赏，说后来他回忆追吟此句，觉得有老成之风，因此写了两首绝句寄答小韩偓，兼呈其父韩瞻。

　　"十岁裁诗走马成，冷灰残烛动离情。"前一句夸小韩偓诗才敏捷，小小年纪就能在走马间写成佳句；后一句夸小韩偓的诗真挚动人，能以"冷灰""残烛"这样的意象触发人的离别之情。

　　"桐花万里丹山路，雏凤清于老凤声。"李商隐就任的蜀地，古代有丹穴之山，丹山正是出产凤凰的地方，因此，李商隐巧妙地融入这个典故，把韩氏父子比作凤凰一样的俊才，尤其是小韩偓，"青出于蓝而胜于蓝"，在开满梧桐花的万里丹山路上，如一只雏凤，啼声比老凤——他的父亲还要清越悠扬。

　　"雏凤清于老凤声"是别出心裁的赞扬。"雏凤"用的是西晋文学家陆云的典故。陆云和哥哥陆机都是著名的才子，陆云小的时候，有一次，吴国尚书闵鸿看到他，很惊讶他的才华，说："这个孩子如果不是龙驹，就是凤雏。"这里用此典故，正有把韩偓比作陆云，盛赞其文才之意。而令人欣慰的是，韩偓并未辜负前辈的赞誉和欣赏，他长大后，真的成了一位才华横溢的诗人，著有《翰林集》和《香奁（lián）集》，在晚唐诗坛被尊为"一代诗宗"。

事实上，在同一诗题下，李商隐还写了一首诗。这首诗没有第一首那么有名，却另有一番味道。这首诗的内容为：

剑栈风樯各苦辛，别时冰雪到时春。

为凭何逊休联句，瘦尽东阳姓沈人。

"剑栈"，剑阁栈道，是从长安入蜀的必经之路。"风樯"，挂着风帆的桅杆。韩瞻赴普州上任，既要经过剑阁栈道，又要走一段水路，两种行程各有各的辛苦。他启程上路是在上年年末冰天雪地时，而等他到了普州，已经是春天了。"剑栈风樯各苦辛，别时冰雪到时春"描写的就是韩瞻父子到普州上任的艰难过程。

何逊是南朝梁代诗人，擅长联句。所谓"联句"，就是出一个题目，几个人轮流写诗，一人写几句，连缀成篇。"姓沈人"指南朝梁代诗人沈约，曾做过东阳太守，又称"沈东阳"。沈约晚年给朋友徐勉写信，说自己年老体衰，身子一天比一天消瘦，百日之间，腰带就要移动孔位，手臂每月都要缩小一圈。后世就用"沈腰"来形容人瘦。沈约比何逊年长二十五岁，颇有诗名，却对何逊的诗才非常佩服，他曾对何逊说："我每次读你的诗，一天要反复读好几次，最后也写不到你的水平。"这其实是一种自谦。用这个典故，李商隐仍然是在夸韩偓的才华，自比为沈约，把韩偓比为后起之秀何逊。

"为凭何逊休联句，瘦尽东阳姓沈人"：请才高如何逊的你（韩偓）不要再跟我联句了，再联下去，我就要费尽才思，像沈约一样一天比一天消瘦了。这话当然不乏夸张的成分，不过以

"文人相敬"的典故来抬高对方，确实是比较雅致的奉承方式。

正如诗中所写，李商隐最欣赏韩偓的地方，是他的"老成之风"和"清新之气"，这和杜甫在《戏为六绝句》里写到的"庾信文章老更成""清词丽句必为邻"一样，都是李商隐追求的诗风。而李商隐的诗歌在清丽婉转中，时露沉郁之气，这不能不说深受杜甫的影响。

提分秘笈

古人说话讲究"委婉"，古人写诗讲究"含蓄"。同样是夸人，古人不会说："哎呀，这孩子真聪明！这孩子长大了有出息！"而是说："雏凤清于老凤声。"——你的父亲已是凤凰一样的人才，而你比你的父亲还要清丽出色！这就是诗语的魅力。从今天起，给你的同学写留言时，试试用比喻吧！试试用文学的手法来表达你的欣赏！相信你们的情谊不仅会变得更深厚，而且会因为有了诗的联结变得更美好。

名句

此心安处是吾乡。

定风波·南海归赠王定国侍人寓娘

宋·苏轼

常羡人间琢玉郎，天应乞与点酥娘。尽道清歌传皓齿，风起，雪飞炎海变清凉。

万里归来颜愈少，微笑，笑时犹带岭梅香。试问岭南应不好，却道，此心安处是吾乡。

注释

侍人：侍妾。

琢玉郎：姿容美好如玉的男子。

点酥娘：皮肤光洁细腻如凝脂的女子。

乞与：给予。

炎海：炎热之地。

岭梅：大庾（yǔ）岭的梅花。

译文

常常羡慕人间那如玉的男子，上天应该也会怜惜他，赐他美好的女子。人人称道，她唱起歌来，清音流过洁白的牙齿，仿若凉风吹飞雪花，将炎热之海变成清凉之池。

她从万里之外回来而更显年轻，微微一笑，笑中还带着岭南梅花的芳香。我试探着问："岭南应该不好吧？"她却说："这

颗心安住的地方就是我的故乡。"

点评

"此心安处是吾乡"是一句非常有名的词。这句词温暖、亲切，回味悠长，随遇而安的情怀给漂泊的人带来极大的慰藉。它的出处就是苏轼的《定风波·南海归赠王定国侍人寓娘》。

王定国是苏轼的朋友，名叫王巩，定国是他的字。寓娘，是王巩的侍妾，复姓宇文，又名柔奴，还有一种说法说她叫"点酥"。

宋神宗元丰二年（1079），苏轼从徐州调任湖州，在给皇帝上谢表的时候，因为在谢表中发了几句牢骚，被"新党"抓住了把柄。"新党"向皇帝弹劾他"愚弄朝廷、妄自尊大、包藏祸心、怨望其上"，并且搜罗苏轼的诗文，从中挑出他们认为暗含讥讽的句子，想以此置他于死地。随后，苏轼被御史台逮捕入狱，眼看就要丢掉性命。多亏弟弟苏辙和朝中同一阵营的元老多方营救，甚至连政敌王安石也给皇帝上书，劝皇帝不要杀苏轼。最终，在牢房里关押了一百多天后，苏轼保住了性命，被从轻发落，于此年年末被贬到黄州任团练副使（负责地方自卫队的军事官职）。这就是著名的"乌台诗案"。"乌台"指的就是御史台，因御史台种有柏树，常年有乌鸦栖居其上，故名"乌台"。

"乌台诗案"不光让苏轼倒了霉，还牵连许多与苏轼来往密切的人。这些人被视为苏轼同党，或被贬官，或被流放，获罪者有数十人。其中，被贬得最远、受罚最深的就是苏轼的朋友王巩。

王巩被贬到岭南之外几近南海的宾州（今广西宾阳），在那里一待就是五年。在此期间，王巩的一个儿子死在贬谪之地，另

一个儿子死在家乡，他自己生了重病也差点死掉。这让苏轼非常内疚，一直担心王巩埋怨自己，吓得连信都不敢给他写。但没想到，王巩非常豁达大度，不仅不怪苏轼，反而在后来遇赦北归时，把自己在岭南所写的百余首诗都寄给他，请苏轼为他的诗集作序。这让苏轼既感动，又佩服。

王巩是一个人品正直、胸襟开阔而又真性情的人。他出身相门，俊奇有才，为人率直没有城府，评论人物口不留情，好恶都写在脸上，很少掩饰，这种性格让他得罪了不少人。他和苏轼关系很好，苏轼在徐州任职时，他曾去彭城（今江苏徐州市）拜访他。二人游泗水，登魋（tuí）山，吹笛饮酒，乘月而归。苏轼因此在黄楼上对王巩说："自从李白死后，世间没有这样的快乐已经三百年了啊！"足见二人的相知和默契。

"乌台诗案"后，王巩被贬到宾州，苏轼本来很担心那里太苦他熬不过去，没想到王巩自己倒是很淡然。在宾州任上，王巩没有因为地处偏远而消极怠工，相反他非常勤勉谨慎，每天一大早就去官署上班，把本职工作踏实本分地做好。下班后，他就回到家里读书写作，赋诗自娱，不是生病或庆典吊丧绝不停止。而王巩的侍妾柔奴——也就是词题里的寓娘，也是个奇女子。她是王巩众姬妾中最眉清目秀、蕙质兰心的一个，王巩获罪时，其他姬妾都四散离去，只有她不离不弃，毅然决定陪王巩同赴岭南。

就这样，时光倥偬五年多后，元丰八年（1085）三月，宋神宗去世，宋哲宗继位。哲宗年龄尚幼，就由其祖母高太后垂帘听政。高太后倾向"旧党"，重新起用司马光等人，苏轼、王巩也被从流放地召回京师。

时隔数年又见旧友，苏轼感到既开心又惊讶。开心自不必说，

惊讶的是，王巩在岭南荒苦之地流放了这么久，归来竟然丝毫不带贬谪之人常有的落魄神色；相反，他面色红润，意气风发，仿佛又年轻了几岁。这让苏轼大感意外。

一天，王巩置办酒席与苏轼会饮，席间叫出侍妾柔奴唱歌助兴。柔奴一开口，清越的歌声就引人入胜，而更让人惊奇的是，柔奴同王巩一样，在岭南流放数年，竟没有染上岁月的风霜，还是那般清丽可人。苏轼因此写下这首《定风波》赠给柔奴。

这首词上阕描写柔奴的美好，说她和王巩是上天撮合的一对璧人，一个是"点酥娘"——肤如凝脂的美丽女子；一个是"琢玉郎"——温润如玉的俊朗男子。柔奴相貌柔丽，能歌善舞，其歌声随风轻扬，能让岭南的炎炎夏日顿成清凉世界。

下阕则用白描语言，写自己与柔奴的问答。苏轼惊讶柔奴从万里之外的瘴疠之地归来，看上去更加青春年少。她微微一笑，如岭南傲雪的寒梅，自吐芬芳。带着对朋友的关心，苏轼问：岭南贬谪的生活想来应该很苦吧？没想到柔奴淡然作答：我的心安住在哪里，哪里就是我的家乡。可见与丈夫同呼吸共命运的坚定信念，早已让她把个人的漂泊置之度外。

"此心安处是吾乡"，其实不是柔奴的原创，在唐代白居易的诗中，类似的表达有多句。比如《吾土诗》："身心安处为吾土，岂限长安与洛阳。"又《出城留别诗》："我生本无乡，心安是归处。"又《重题》："心泰身宁是归处，故乡独可在长安。"还有《种桃杏》："无论海角与天涯，大抵心安即是家。"苏轼化用此意，将柔奴的话提炼成精警的"此心安处是吾乡"，把白居易的诗意发挥到了极致。而柔奴和王巩面对人生的挫折泰然处之、随遇而安的态度，正是对这种诗意最好的注脚。

提分秘笈

　　苏轼的词，有一个明显的特点，就是不拘形式，什么都可以写入词中。在苏轼之前，词的正宗是"婉约派"，多写男女爱情，圆润柔婉，格律严谨。而苏轼则打破了这个规矩，独创了别具一格的"豪放派"，不仅写爱情，也写历史，写人生感慨，写哲理。著名的《念奴娇·赤壁怀古》《水调歌头·明月几时有》等，自有超越男女风情的士大夫风骨。这首《定风波》同样不拘一格，把散文一样的人物对话都写进了词里，相当于"以文为词"。有人评论苏轼词和婉约派代表柳永词的区别，说："柳郎中（柳永）词，只合十七八女郎，执红牙板，歌'杨柳岸，晓风残月'。学士（苏轼）词，须关西大汉，执铜琵琶、铁绰板，唱大江东去。"苏轼听罢，哈哈大笑。

红香世界清凉国，行了南山却北山。

晓出净慈寺送林子方二首·其一

宋·杨万里

出得西湖月尚残，荷花荡里柳行间。
红香世界清凉国，行了南山却北山。

注释

荷花荡：种满荷花的浅水湖。

柳行（háng）：成行的柳树。

行了（liǎo）：走完。

却：回转。

译文

走出西湖时，天上仍挂着一弯残月；我和朋友穿过荷塘，走在成行的柳树间。

荷花又红又香，盛开在清凉的世界里；我送朋友，走完了南山又绕到北山。

点评

一看到《晓出净慈寺送林子方》这个诗题，你想到了什么？十有八九是小学课本里学过的"毕竟西湖六月中，风光不与四时同。接天莲叶无穷碧，映日荷花别样红"吧？其实，在这个诗题下面一共有两首诗，课本里那首是其二，这里所选的诗为其一。这组诗里的第一首没有第二首那么出名，但也一样清新自然，如炎炎夏日的一泓清泉。

不知道有没有人和笔者有一样的经历，那就是小时候读"接天莲叶无穷碧，映日荷花别样红"时，因为没有细看诗题里的"晓"字，一直以为这两句诗写的是傍晚夕阳映照下的西湖与荷花。其实，有这种误解的人不止我一个，这首诗在流传的过程中，确实出现过《晚出净慈寺送林子方》的版本，应该是没有看到这组诗里的第一首。

从首句"月尚残"三字，可以确证，杨万里不仅是在早上送别朋友林子方的，而且这个时间还相当早，是残月尚未消退的拂晓。林子方，名叫林枅（jī），子方是他的字，福建莆田人。宋孝宗淳熙十四年（1187），林子方受命赴福州任职，即将离开杭州。杨万里作为他曾经的上司，也是好朋友，前去送行。两人头一天应该是投宿在西湖附近南山的净慈寺，因而这两首诗写的就是杨万里清早送林子方离开时，看到的西湖美景。

六月的西湖有什么特色，能让杨万里得出"风光不与四时同"的结论呢？那自然是接天连日的莲叶与红艳夺目的荷花。为什么说跟"四时"不一样，多出来一时呢？这其实是个历法知识。古人有时候会把一年分为五季，除了"春夏秋冬"四季外，还有一季，被称为"长夏"或"季夏"，时间就在农历六月中旬。因此，杨万里写到与四时不同的西湖，正是"长夏"时的西湖。此时的西湖，最引人注目的是那香飘十里的荷花荡，而最清新怡人的则是遍植湖堤依依轻拂的垂柳。柳，谐音"留"，蕴含惜别、挽留之意，也是送别诗中常见的意象。

荷花红艳粉嫩而又清香扑鼻，让人不由感慨眼前的西湖，就

是一个"红香世界"。而诗人和朋友刚从山中的寺院出来，寺院常被认为是世外清凉之地，清早又是西湖一天中最凉爽的时间，因此，此刻的西湖就被称为"清凉国"。

诗人送别朋友，一路走完了南山，又绕到北山，还没有要回去的意思。诗到这里，无一字惜别，而依依不舍之情已在其中矣。

在《晓出净慈寺送林子方二首·其二》里，诗人只有单纯的景物描写，而没有透露有关人的任何消息。而在《晓出净慈寺送林子方·其一》中，我们却在"景语"之外，读到了人情味十足的"情语"。如果说《晓出净慈寺送林子方·其二》是电影里交代背景的空镜头，那么《晓出净慈寺送林子方·其一》就是展开叙事的长镜头，把一腔惜别深情安放在一片如诗如画的美景中，电影的余味似乎也变得更加悠长。

提分秘笈

杨万里，号"诚斋先生"，他的"诚斋体"诗，具有新、奇、活、快、风趣幽默的特点，清新自然又明白如话，带点儿童的天真。像著名的《小池》："泉眼无声惜细流，树阴照水爱晴柔。小荷才露尖尖角，早有蜻蜓立上头。"《闲居初夏午睡起》："梅子留酸软齿牙，芭蕉分绿与窗纱。日长睡起无情思，闲看儿童捉柳花。"都和这两首《晓出净慈寺送林子方》有相似的趣味。杨万里的诗，初读不惊人，细品别有滋味，颇有天然真趣。

杨万里（1127—1206），字廷秀，号诚斋，江西吉水人，南宋爱国诗人。杨万里的诗自成一家，独具风格，其爱国诗深沉、含蓄，时常将沉痛的情感寄托在看似平淡的描写中；他开创的"诚斋体"提倡新、奇、活、快、风趣幽默，对后世影响颇大。

怀古咏史

古今多少事，
都付笑谈中。

——明·杨慎《临江仙·滚滚长江东逝水》

凤凰台上凤凰游，凤去台空江自流。

登金陵凤凰台

唐·李白

凤凰台上凤凰游，凤去台空江自流。
吴宫花草埋幽径，晋代衣冠成古丘。
三山半落青天外，二水中分白鹭洲。
总为浮云能蔽日，长安不见使人愁。

注释

凤凰台：故址在今南京市凤凰山。相传南朝宋时，曾有三只五彩斑斓的凤鸟集于此山而得名"凤凰山"，建台于此，得名"凤凰台"。

吴宫：三国时，孙吴建都金陵，所筑宫殿后被称为"吴宫"。

衣冠：衣服和帽子，后来代指缙绅、名门世族。

古丘：古老的坟墓。

三山：山名，在南京西南长江边上，三峰并列，南北相连。

半落：从凤凰台上远眺三山，三山一半露出，一半埋藏于天际线下，若隐若现。

二水：有的版本写为"一水"。

白鹭洲：古代长江中的沙洲，因洲上白鹭翔集而得名。

译文

凤凰台上曾有凤凰悠游，凤凰去后空余江水东流。

吴宫的花草掩埋了幽静的小路，晋代的王侯都成了荒冢古丘。

三山半隐半露落在青天外，江水隔着白鹭洲分成两条河流。

奸邪当道就像浮云遮盖了太阳，看不见长安啊让我忧愁。

点评

我们在中学课本上学过崔颢那首著名的《黄鹤楼》：

> 昔人已乘黄鹤去，此地空余黄鹤楼。
>
> 黄鹤一去不复返，白云千载空悠悠。
>
> 晴川历历汉阳树，芳草萋萋鹦鹉洲。
>
> 日暮乡关何处是？烟波江上使人愁。

这首诗气势雄浑、意境苍茫，自写成以来，得到了很多诗评家的称赞，南宋严羽甚至称它为"唐人七言律诗"中的"第一"。这首诗写得如此出色，以至围绕着它，流传过一段文坛佳话。

据说，崔颢在黄鹤楼上题完这首诗后，诗仙李白也来黄鹤楼玩。李白登上黄鹤楼，极目远眺，只见眼前云天开阔、大江奔涌，于是诗情勃发，想要写首登高览胜的诗来赞美此景。然而，他写来写去，跟崔颢的《黄鹤楼》诗一比，都明显要逊色一筹。无奈之下，他只好放弃了写诗的念头，转而作了首打油诗，自嘲道："两拳打碎黄鹤楼，一脚踢翻鹦鹉洲。眼前有景道不得，崔颢题诗在上头。"

崔颢的诗写得太好了，以至于连诗仙李白也自愧不如。不过，

143

李白并没有放弃和崔颢争雄的决心。于是，到过黄鹤楼后，他也写了首诗，名叫《鹦鹉洲》——

> 鹦鹉来过吴江水，江上洲传鹦鹉名。
> 鹦鹉西飞陇山去，芳洲之树何青青。
> 烟开兰叶香风暖，岸夹桃花锦浪生。
> 迁客此时徒极目，长洲孤月向谁明。

这首诗一看就有模仿崔颢《黄鹤楼》的痕迹，算是对崔颢的"致敬"。这首《鹦鹉洲》写得浑融、深沉，也是不错的佳作，然而，后世的诗评家把它和《黄鹤楼》一比，还是认为此诗在意境等方面不如崔颢的《黄鹤楼》。

不过，李白并没有打算放弃向崔颢看齐。后来他又仿照《黄鹤楼》创作了一首诗，而这首诗，不仅让他几乎比肩"偶像"崔颢，甚至让后世的诗评家们"打起了架"——有人认为此诗不及崔颢的《黄鹤楼》，有人认为此诗和《黄鹤楼》难分伯仲，甚至有人认为此诗已经完全超越了《黄鹤楼》。这首诗是什么？正是《登金陵凤凰台》。

我们读崔颢的《黄鹤楼》，很容易发现它有一个特点，就是相同的词语反复出现。比如首联、颔联，"黄鹤"一词就接连出现三次，"去"字出现两次；而整首诗中，"悠悠""历历""萋萋"这样的叠词随处可见。这样写有什么好处？就是使诗歌呈现一种回环往复、气韵奔流的灵动之美。因而，李白在自己的"致敬"之作里，毫不犹豫地采用了和崔诗一样的"重叠"手法，《鹦鹉洲》里的前两联如此，《登金陵凤凰台》里的首联亦如此。《登金陵凤凰台》的首联还"偷"了《黄鹤楼》里的一个字——"空"，

使全诗延展出更加深沉、浑莽的空间，让诗人想要表达的虚无感更加突出。

首联落脚点在"空"字上。凤凰台因为曾有代表祥瑞的凤凰栖集于此而得名，这种祥瑞之兆在六朝的统治者看来，好像是上天的庇护。然而，谁也没想到，仅仅若干年之后，国家就已改朝换代，凤凰飞去，繁华凋零，所谓祥瑞只不过是大梦一场，除了奔流不息的长江依旧永恒，其他一切都已幻灭成空。

颔联是对"空"字的注解。三国时，孙吴定都金陵，吴王的宫殿气势磅礴，可以想见当时的都城有多么壮丽；后来，东晋衣冠南渡，士家大族聚居于金陵，衣轻马肥，纸醉金迷，金陵城中也是一片繁华。然而如今，吴王的宫殿已成废墟，王宫大道都被野花、野草埋没；晋代的士家大族也日落西山，当年的风流与权势荡然无存，只余古老的坟茔供人凭吊。通过这样的对比，诗人想表达的正是：无论都城多么繁华，最后都会成"空"；无论权势多么煊赫，最终也会成"空"。

颈联诗人宕开一笔，从历史的兴亡叹息跳回眼前之景。他选择了天际露出一半峰峦的三山，选择了"两水夹一洲"的白鹭洲，展现出一个阔大、超然的自然天地。"二水中分白鹭洲"也有版本写成"一水中分白鹭洲"，两种说法意思一样，指的都是白鹭洲位于江水中央，将江水从中间分成两股。

如果说前三联是写景，那么最后一联就是抒情，抒发了一种由古思今的身世之感。《登金陵凤凰台》的创作时间，一种说法是天宝六年（747），诗人被唐玄宗"赐金还山"，南游金陵时所作。一种说法是诗人晚年被流放夜郎，中途遇赦，返回金陵时所作。不管哪一种，诗人都是在一种极大的失意中登临凤凰台，创作此诗的。他笔下的"浮云蔽日""长安不见"之愁，针对的正是皇帝的昏聩、政治的黑暗、小人当道的跋扈，也许还有对国家局势的不安。他叹息"长安不见使人愁"，感慨的正是自己怀才不遇的坎坷遭遇。

提分秘笈

对比《黄鹤楼》与《登金陵凤凰台》：就诗的艺术表现力而言，《黄鹤楼》大气、灵动，诗风飘逸，格调非凡；而《登金陵凤凰台》慷慨、宏伟，诗意深沉，气势凌云。就诗的主旨而言，《黄鹤楼》的"日暮乡关何处是？烟波江上使人愁"，把诗的立意落在"乡愁"之上，让读者有更普遍的代入感；而《登金陵凤凰台》的"总为浮云能蔽日，长安不见使人愁"，把诗的立意落在"忧谗畏讥、忧国忧君"之上，则更有现实批判力。

就像美人里环肥燕瘦各具风姿一样，同一种诗体不同的写法，各有侧重，各有所长，又何尝不是各擅其美？天才如李白尚且真诚向高手学习，我们何不也学学这种开阔胸襟，包容所有？

李白（701—762），字太白，号青莲居士，唐代著名浪漫主义诗人，与杜甫合称"李杜"。李白风度潇洒，有"谪仙人"的美誉。他的诗想象雄奇，清新飘逸，乐府、歌行及绝句成就最高。他讴歌祖国山河与自然风光，用奔腾豪迈的气势抒发强烈的个人情感，具有浓厚的浪漫主义色彩。杜甫用"笔落惊风雨，诗成泣鬼神"盛赞李白的艺术魅力。

名句

事了拂衣去，深藏身与名。

侠客行

唐·李白

赵客缦胡缨，吴钩霜雪明。
银鞍照白马，飒沓如流星。
十步杀一人，千里不留行。
事了拂衣去，深藏身与名。
闲过信陵饮，脱剑膝前横。
将炙啖朱亥，持觞劝侯嬴。
三杯吐然诺，五岳倒为轻。
眼花耳热后，意气素霓生。
救赵挥金槌，邯郸先震惊。
千秋二壮士，烜赫大梁城。
纵死侠骨香，不惭世上英。
谁能书阁下，白首太玄经。

注释

侠客行：乐府旧题。

缦（màn）胡缨：武士的冠缨，没有花纹的粗帽带。

吴钩：吴地制造的一种宝刀。

霜雪明：宝刀的锋刃像霜雪一样明亮。

飒（sà）沓（tà）：形容马跑得快。

"十步"两句：十步即可击毙一人，行走千里无人能挡。语出《庄子》："臣之剑十步一人，千里不留行。"

信陵：信陵君，名无忌，战国时魏国公子，与楚国的春申君黄歇、赵国的平原君赵胜、齐国的孟尝君田文，俱以礼贤下士、善养门客而闻名，并称"战国四公子"。

炙（zhì）：烤肉。

啖（dàn）：吃。啖朱亥，让朱亥吃。

朱亥：魏国侠士，本是一个屠夫。

持觞：端起酒杯敬酒。

侯嬴（yíng）：魏国侠士，原是魏都大梁东门的守门人。

然诺：许诺、承诺。

五岳：中国文化中的五大名山——中岳嵩山，西岳华山，东岳泰山，北岳恒山，南岳衡山。

素霓（ní）：白虹。古人认为，但凡要出现不寻常的大事，就会有不寻常的天象出现，如"白虹贯日"。

槌（chuí）：敲打用的棒。

烜（xuǎn）赫：声名盛大的样子。

大梁城：战国时魏国的都城，在今天的河南开封。

太玄经：西汉扬雄的一部哲学著作。扬雄曾在皇帝藏书的天禄阁任校刊工作。

译文

燕赵的侠客，系着武士的帽缨，宝刀像霜雪一样鲜明。

他的银鞍照亮了白马，奔跑起来如同流星。

十步即可击杀一人，千里之路无人能阻挡他前行。

行侠仗义完了，抖抖衣服离去，深深藏起行迹和功名。

想当年，朱亥和侯嬴闲来碰到信陵君，相交欢饮，放下剑往膝前一横。

信陵君有肉请朱亥吃，端起酒杯给侯嬴劝酒助兴。

几杯酒下肚，朱亥、侯嬴许下承诺，承诺之重，连五岳相比都显得轻盈。

眼花耳热之后，侠客们意气干云，如白虹横生。

为了营救赵国，侠客用计挥动金槌，消息传到邯郸，一城震惊。

两位壮士千秋留名，盛名显耀于大梁城。

纵然死去，他们的侠骨也芬芳，不愧对世上任何英雄。

想到他们，谁还要学扬雄在书斋里著书，头发白了仍在作《太玄经》。

点评

我们在中学课本上学过古文《信陵君窃符救赵》，这篇文章节选自《史记·魏公子列传》，大致讲了这样一个故事：魏国公子信陵君喜欢豢（huàn）养门客，并且对他们谦恭有礼。他听说魏国都城大梁的守门人侯嬴是个贤能的隐士，就想结交他。但侯嬴的态度十分倨傲，信陵君送他钱财礼物，他推辞不受；信陵君大宴宾客，亲自驱车上门请他，他当仁不让地坐上主位；最过分的是，侯嬴为了拜访自己的朋友屠夫朱亥，竟然把信陵君晾在一边苦苦久等。信陵君的手下都为信陵君打抱不平，而信陵君对此却毫不在意，对待侯嬴反而更加恭敬。后来，秦国攻打赵国，围住了赵国都城邯郸。赵国向魏国求援，魏王虽然派了老将晋鄙出军，却因为害怕秦国报复而裹足不前。信陵君的姐姐是赵国平原

君的夫人，请信陵君帮忙说服魏王。关键时刻，侯嬴向信陵君献计盗出魏王调兵遣将的兵符，由朱亥挥槌击杀晋鄙，出兵解了赵国之围。之后，信陵君流亡赵国，侯嬴也为了履行承诺而自杀。

在这个故事里，信陵君、侯嬴、朱亥都展现了人性的光辉。信陵君的礼贤下士、急公好义，侯嬴的重诺守信、士为知己者死，朱亥的无畏英勇，都在司马迁的叙述中，表现得淋漓尽致。唐代大诗人李白有感于这个故事，创作了一首著名的诗《侠客行》，把侯嬴与朱亥都归入侠士的行列，用动情的笔墨重新书写了这段热血传奇。

《侠客行》像一部电影，不但有叙事有抒情，有全景有特写，还有蒙太奇切换，一帧一画皆有电影的质感。这首诗每四句可以看成一个电影镜头，集中展现一个场景。

"赵客"四句，先声夺人，直陈侠客的外在风采：燕赵之地的侠客豪勇无敌，他们戴着武士的帽子，腰间挎着比霜雪还要明亮的宝刀，骑着白马，银色的马鞍闪闪发光，奔驰时如流星划过夜空。为什么把侠客们称为"赵客"呢？只因为燕赵自古多产豪侠，韩愈说过："燕赵古称多感慨悲歌之士。"就是这个意思。

"十步"四句，重在描写侠客的内在风采：侠客们十步之内即可击杀一名对手，行走千里都没有人可以阻挡他们。行侠仗义结束之后，他们整顿衣饰，从容离开，既不留名，也不逐利，淡然潇洒，无人能比。

如果说前八句描写的是侠客整体，那么八句以后，就是将镜头拉近，聚焦于个体——侯嬴与朱亥。从"闲过"句到"烜赫"句这十二句，讲述的就是信陵君窃符救赵的故事。诗歌当然不能像纪传体散文一样把这个故事巨细靡遗地陈述一遍，只能选择高光时刻来突出刻画。李白选了哪些高光时刻呢？一个是侯嬴、朱亥与信陵君结交时，相对欢饮的场景；一个是侯嬴、朱亥为报答信陵君的知遇之恩，击杀晋鄙，帮助信陵君解除赵国之围的场景。

几杯热酒下肚，侯嬴和朱亥就豪气干云，慨然许诺，愿为知己两肋插刀，这样的诺言比泰山还重。而两位侠客设计击杀晋鄙，挽救了赵国，义举一出，整个邯郸城都震惊了，这样的消息传回魏国，大梁的人们也为他们光辉的义举而骄傲。

最后四句，诗人自然而然地抒情：能做这样的侠客，纵然死去，也会流芳百世，不愧于一世英名。谁愿做扬雄那样的儒生，皓首穷经，老死于书斋之内啊！

《侠客行》高度赞扬了侠客们重义轻利、一诺千金、拯危济困的高尚情怀，表达了诗人对侠客的倾慕之情。李白为什么会写这样一首诗呢？这与李白自身的经历和性格有关。

李白从读书时起，就对文学之外的两门"功课"兴趣满满，一门是纵横术，一门是击剑。所谓"纵横术"，就是像战国末期苏秦、张仪这样的纵横家拥有的外交手段。他们凭借三寸不烂之舌就能游说君王，搅动"国际"局势，合纵连横，身居高位，这是李白理想的入仕途径。

而李白为什么还喜欢击剑呢？这跟他的"武侠梦"有关。同现在很多青春期的男孩喜欢打打杀杀一样，李白年轻时也喜欢练剑、打架，渴望用自己手中的剑行侠仗义，打抱不平。据说李白的剑术很高明，在街头跟人打斗时还手刃过几个狂徒，他自己也在诗歌中得意洋洋地说："托身白刃里，杀人红尘中。"颇以武功为傲。

这首《侠客行》不仅寄托了他对任侠生活的向往，而且表达

出渴望干一番惊天动地的大事业的理想。我们今天都以"伟大的诗人"称呼李白，然而就李白而言，他一生的理想并不是成为伟大的诗人，而是成为建功立业的政治家。正是这种理想与现实的错位，让他对白首著经的文学家身份不以为然，而对那不能实现的政治家的理想永远怀着热望。

提分秘笈

这首诗里的"十步杀一人，千里不留行""事了拂衣去，深藏身与名"，早已成为网络热语，"眼花耳热"也是我们耳熟能详的成语。王维有一首《少年行》，诗中说"孰知不向边庭苦，纵死犹闻侠骨香"，和《侠客行》里的"纵死侠骨香，不惭世上英"有异曲同工之妙。学习此诗，要熟读课文《信陵君窃符救赵》，对历史有深刻的理解。

箜篌谣

唐·李白

攀天莫登龙，走山莫骑虎。
贵贱结交心不移，唯有严陵及光武。
周公称大圣，管蔡宁相容。
汉谣一斗粟，不与淮南舂。
兄弟尚路人，吾心安所从。
他人方寸间，山海几千重。
轻言托朋友，对面九疑峰。
开花必早落，桃李不如松。
管鲍久已死，何人继其踪？

注释

严陵：严光，字子陵，东汉隐士，与东汉光武帝刘秀曾是同学。

周公：周文王第四子，姓姬名旦，西周初期政治家、军事家，因封地在周（今陕西岐山北），故称周公或周公旦。

大圣：伟大的圣人。

管蔡：管叔和蔡叔，周武王与周公的弟弟。

汉谣：《史记》里记载的一个汉代民谣："一尺布，尚可缝；一斗粟，尚可舂。兄弟二人不相容。"讲的是兄弟之间的恩怨故事。

方寸：指心。

九疑峰：也作"九嶷（yí）山"，在湖南省宁远县。因九座山峰山势相似，令游览的人心生疑虑，而得名。九疑山比喻人和人之间的怀疑、不信任，像九座山峰那样隔膜难越。

管鲍：春秋时齐国人管仲与鲍叔牙。

译文

想往天上爬不要踩龙，想在山中跑不要骑虎。

贵贱相交而心不变的，只有严子陵和汉光武。

周公被称为大圣人，可管叔、蔡叔还是不能把他容。

汉代歌谣《一斗粟》，唱着汉文帝不给兄弟淮南王活路。

兄弟尚且是路人，我的心要何去何从？

人心只有方寸地，隔阂却如山海几千重。

轻易相交的朋友，心底的猜忌像隔着九疑峰。

早早开花必然早早凋落，桃李虽美，坚贞却不如青松。

管仲、鲍叔牙很久之前就已死去，还有什么人继承他们的遗风？

点评

2020年高考语文全国Ⅰ卷的作文题，给的素材是春秋时期齐桓公、管仲和鲍叔牙的故事：齐国公子小白和他的兄弟纠争夺君位，管仲辅佐公子纠，而鲍叔牙辅佐公子小白。管仲为了追击小白，曾用箭射中了他的衣带钩，小白装死逃脱。后来小白即位为君，史称齐桓公。鲍叔牙却向齐桓公大力推荐管仲，说要想成就霸业，一定要重用管仲。于是，齐桓公不计前嫌，提拔管仲，而鲍叔牙自己则甘居管仲之下，最终二人共同辅佐齐桓公成为"春秋五霸"之首。

很多人都被这段故事里齐桓公的大度和鲍叔牙的谦让所打动。而在这段故事之外，管仲与鲍叔牙的友谊，更有许多有趣的细节，读来耐人寻味。管仲和鲍叔牙在没有从政之前就是好朋友。管仲比较穷，而鲍叔牙比较富裕。二人合伙做生意，管仲出的本钱没有鲍叔牙多，但到了分利润的时候，他却要多拿。有人因此骂管仲，鲍叔牙却为他辩解说："管仲并不是贪婪，而是家里有困难。"管仲给鲍叔牙出谋划策，最后却把事情办砸了。别人怪管仲，鲍叔牙却说："这不是因为管仲蠢笨，而是时机不利。"管仲三次从政，每次都被国君罢免，别人笑话他，而鲍叔牙却说："不怪管仲没本事，是他生不逢时。"后来二人一起从军，管仲打了几次仗，每次都临阵脱逃，别人骂他贪生怕死，鲍叔牙却说："管仲不是怯懦，他家里有老母要奉养，不能在战场上白白送死。"再后来，公子纠失败，管仲也被抓起来关进了监狱，别人因他没有以死殉主看不起他，鲍叔牙却说："管仲不是无耻，而是不以小节为重，只以不能建功立业为耻。"管仲听到这些话，非常感动，说："生我的人是父母，而了解我的人是鲍叔牙啊！"因此，后世把这种深厚的友谊称为"管鲍之交"。

文学史上，歌颂管鲍友谊的诗文很多，这一方面说明管鲍之交确实动人；另一方面也说明这种交情非常难得，因此才要大力颂扬。而大诗人李白在人生的某个时刻，既崇慕管鲍的友情，又失望于古风不存，这种高尚情谊早被今人抛弃。于是，他写下这首《箜篌谣》，一抒心中愤懑。

这首诗作于唐肃宗至德二年（757），这一年李白五十七岁（一说五十四岁），已经是一位垂暮的老人，但他内心建功立业的远大抱负依然没有熄灭。只是不幸，这一年的他遭遇了一场牢狱之灾。

唐玄宗天宝十四载（755），安史之乱爆发，北方大地狼烟四起。唐玄宗仓皇逃往四川，走到马嵬坡的时候，士兵哗变，杨贵妃被迫自杀，她的哥哥杨国忠也被愤怒的将士们杀死。不久，太子李亨趁战乱在灵武自行即位，当上了皇帝，这就是历史上的唐肃宗。唐玄宗被迫退位，成为太上皇。

就在北方战火连绵之际，远在东南的李亨的兄弟永王李璘（lín）也拉起了一支队伍。这支队伍名义上是为了杀贼勤王，实际上存着与李亨争夺皇位的野心。李璘到处拉拢人才加入他的队伍，李白就在此时被他拉上了船。李白一腔热血，满怀天真，以为跟着李璘可以实现平生报国志向。他在永王幕中，充满激情地为李璘写了一组《永王东巡歌》，其中最著名的一首写道：

三川北虏乱如麻，四海南奔似永嘉。
但用东山谢安石，为君谈笑净胡沙。

东晋宰相谢安在著名的淝水之战中，指挥军队以少胜多，打败了入侵的前秦苻（fú）坚大军。李白这首斗志昂扬的诗，正是把自己比作谢安，认为自己有谈笑间潇洒破敌的能力。

然而，永王的野心很快就被唐肃宗识破。不久，唐肃宗出兵包围了永王的军队，迅速将其消灭。永王被杀，而跟着永王仅仅干了两三个月的李白也受到牵连，被关进了浔阳监狱。"附逆"之罪本来是应该株连九族的，多亏一代名将郭子仪大力援助，再加上朝中大臣崔涣、宋若思的求情，肃宗最后决定从轻发落，把杀头之罪改成流放夜郎。于是，第二年，李白就踏上了长流夜郎的漫漫路途。

郭子仪为什么会参与营救李白呢？原来，郭子仪早年还是个小兵的时候，有一次犯了错，要受责罚。当时正在山西漫游的李白看他很有才能，就替他向长官求情，帮他免了罪。郭子仪因而感恩在心，后来遇到李白有难，也就尽力救援。

郭子仪和崔涣、宋若思自然是义薄云天，很够朋友。然而，在李白遭难的过程中，更多的"朋友"却没有这么讲义气。李白平时交游甚广，朋友满天下，但当他入狱后，这些所谓的"朋友"不仅袖手旁观，而且简直是避之不及。有感于"朋友"的背信弃义、世态炎凉，李白在浔阳狱中写下这首《笑筷谣》，叹息说："管鲍久已死，何人继其踪？"管仲和鲍叔牙死了那么久，现在还有什么人能继承管鲍这种高风亮节，为朋友两肋插刀呢？

这首《笑筷谣》通篇都是牢骚语。"攀天""走山"，比喻的都是开创大事业的行动；"登龙""骑虎"，都是比喻以危险的方式来实现远大抱负。李白听了永王的忽悠误上"贼船"，因而沦为阶下囚，某种程度上他也有些后悔，于是说，再想建立伟大功业，也不要登龙骑虎做冒险的事情。而在他遇到危险之后，朋友们都纷纷远离他。于是他又说，无论是身处富贵，还是身处贫贱，朋友交往，心一直不变的，历史上只有严子陵和光武帝。

严子陵和光武帝刘秀年少时是同学和朋友，后来刘秀当了皇帝，严子陵却做了隐士。刘秀知道严子陵有才干，曾几度邀请他出山协助自己，都被严子陵一口回绝，但刘秀并没有生气。有一次，刘秀请严子陵到宫中叙旧。两人一处就是好多天，坐卧都在一起。刘秀随意地问他："我跟过去比有什么变化吗？"严子陵回答："陛下跟过去相比还是稍稍有点变化的。"说完倒头便睡，

睡熟了还把脚跷到了刘秀肚子上。这个典故也是一段佳话：刘秀发达之后，贵为天子，却能礼贤下士，宽厚待人；而严子陵隐居江湖，身处贫贱，却能安之若素，毫无趋炎附势之心。

"周公"二句讲的是周朝的历史：周武王灭掉商纣王后两年就去世了，继位的周成王年纪幼小，尚在襁褓之中。周武王的弟弟周公因此就暂时代替成王摄政，主持国家大局。周武王的另外两个弟弟管叔、蔡叔觊觎王位，就在国中散布流言说："周公将对成王不利。"后来还起兵叛乱。这两人最后被周公镇压下去，一个被杀，一个被流放。

"汉谣"二句讲的是汉文帝的故事：汉文帝即位之后，对于同父异母的弟弟淮南王刘厉非常宽容、放纵，于是刘厉越来越嚣张跋扈，最后竟然联合一些人等想要造反起事。汉文帝这时才开始收拾刘厉，先是杀掉了和刘厉谋反的同伙，接着又把他关进囚车，一路示众押回京城。刘厉性情刚烈，受不了这样的屈辱，在路上绝食自杀。民间因此流传起《一斗粟》的歌谣，暗讽汉文帝不顾手足之情，故意骄纵兄弟，令他犯错，然后再设计逼他自杀。

周公是历史上著名的大公无私的圣贤，这样伟大的圣人，管叔和蔡叔尚且容不下他，何况是怕兄弟染指皇权的汉文帝，对兄弟更是痛下杀手。这两联讲的都是兄弟相争的故事，只不过，同样是杀了自己的弟弟，周公一心为国，被奉为圣贤，而汉文帝却被指责手足相残，心机太深。一正一反，影射的都是唐肃宗和永王兄弟兵戎相见的现实。

于是，李白感慨说，兄弟之间还路人般冷漠呢，我又怎么能怪朋友见死不救？何况人心之间的距离，比山海的距离还遥远。嘴上说把你当朋友说得很轻松，其实内心的怀疑比山峰还坚重。

就像大自然，早早开花必早早凋落，桃李春天芬芳，还是比不上松柏岁寒坚贞。管仲、鲍叔牙都死去太久了，今天这样的人哪里还见得到呢？

李白这首诗悲愤与沉痛并存。无独有偶，杜甫也写过一首表达相似情感的诗，诗里也同样对"管鲍之交"不复存在而心生激愤。这首诗就是《贫交行》：

> 翻手作云覆手雨，纷纷轻薄何须数。
>
> 君不见管鲍贫时交，此道今人弃如土。

写这首诗时，杜甫客居长安，过着"朝扣富儿门，暮随肥马尘"的落魄生活，而他身边所交往的人，也多是些势利眼，见他有升官发财的希望，就来向他靠拢，见他没有飞黄腾达的可能，就立刻跟他疏远。因此，杜甫写下《贫交行》，骂那些翻手覆手之间，一会儿像云一样聚拢，一会儿像雨一样飞散的轻薄之徒。"翻云覆雨"后来成为成语，比喻反复无常、惯于玩弄手段的人。

有意思的是，虽然李、杜都表达过"管鲍之交"难遇的愤慨，但自从天宝三载（744），李白与小他十一岁（一说八岁）的杜甫相遇后，二人却结成了终生的朋友。他们一起携手相伴了将近一年，游山玩水、骑马打猎、喝酒写诗，彼此性格差别很大，却相互欣赏。这次分别后，他们终生没有再见，然而这份友谊却保持了一生。尤其是杜甫，一直对李白牵肠挂肚，还写了许多思念李白的诗，都成为文学经典。李白被流放夜郎后，杜甫听闻这个消息，忧心忡忡，《梦李白二首》字里行间密密编织的，都是为李白担忧的深切情谊。

如此说来，李、杜之间的这份友谊，与"管鲍之交"相比，

也毫不逊色。就像真正的朋友，即便远隔山海，心也会连在一起。李白与杜甫的友情，又何尝不是"海内存知己，天涯若比邻"？管鲍不存又如何？李白，你还有杜甫啊！

提分秘笈

关于友谊的典故，除了"管鲍之交"，还有"高山流水""莫逆之交""刎颈之交"等。

"高山流水"出自《列子·汤问》：春秋时，伯牙善弹琴，钟子期善听琴。一次伯牙弹琴，琴声时若高山，时若流水，只有钟子期能领会其中的含义。后来就用"高山流水"比喻知音或知己。

"莫逆之交"出自《庄子·大宗师》："三人相视而笑；莫逆于心；遂相与为友。"形容没有抵触、感情融洽的友谊。

"刎颈之交"出自《史记·廉颇蔺相如列传》：廉颇、蔺相如一开始不合，但经过蔺相如多次退让，廉颇终于醒悟，负荆请罪，"卒相与欢，为刎颈之交"。"刎颈"，用刀割脖子。"刎颈之交"指可以生死与共的朋友。

人世几回伤往事，山形依旧枕寒流。

西塞山怀古

唐·刘禹锡

王濬楼船下益州，金陵王气黯然收。
千寻铁锁沉江底，一片降幡出石头。
人世几回伤往事，山形依旧枕寒流。
今逢四海为家日，故垒萧萧芦荻秋。

注释

西塞山：又名道士洑（fú），位于今天湖北省黄石市东部长江南岸。

王濬（jùn）：西晋时任益州（范围主要包括今天的四川、重庆等地）刺史，是伐吴的主将之一。

楼船：中国古代的战船，因船高首宽、外观似楼而得名。

金陵：南京的古称，因公元前333年楚威王熊商于石头城筑金陵邑而得名。

千寻：寻，古代的一种长度单位，即伸开两臂的长度，一寻合古代八尺。千寻，形容极高或极长。

降幡（fān）：表示投降的旗帜。

石头：即石头城，也是南京的古称。

故垒：古代的堡垒。

芦荻（dí）：又名芦苇、蒹（jiān）葭（jiā），水生禾草。

译文

王濬的战船开出益州，金陵的祥瑞之气黯淡敛收。

千寻长的铁锁沉入了江底，投降的旗帜举出石头。

人世有多少让人伤心的往事，山却依旧枕着寒冷的江流。

现在四海一统成为一家，古代的堡垒在萧萧的芦苇丛中独立深秋。

点评

我们在中学课本上学过毛主席的《七律·人民解放军占领南京》：

> 钟山风雨起苍黄，百万雄师过大江。
>
> 虎踞龙盘今胜昔，天翻地覆慨而慷。
>
> 宜将剩勇追穷寇，不可沽名学霸王。
>
> 天若有情天亦老，人间正道是沧桑。

这首诗描写的就是中国人民解放军渡过长江解放南京的雄伟场面。解放军的渡江之战，势如破竹、所向披靡，国民党军队望风而逃、节节败退。南京的解放，标志着中国革命取得了决定性的胜利，是一个具有伟大历史意义的事件。毛主席的诗，气势磅礴，恢宏壮丽，把这一伟大的历史时刻，铭刻于文学的丰碑之上。无独有偶，同样是在南京这个传奇的地方，在南京解放之前的一千六百多年，亦发生了一场类似的战争，亦有一位伟大的诗人，用如椽巨笔描绘了这段波澜壮阔的历史。

公元263年8月，司马昭向蜀汉发动战争，11月，蜀汉灭亡。

公元 265 年，司马炎废魏元帝自立，西晋政权建立。公元 279 年，益州刺史王濬上书晋武帝司马炎，请求迅速攻吴。当年 11 月，西晋伐吴出兵。公元 280 年，王濬从成都出发，率领水军、陆军顺流而下，一举攻下南京。吴帝孙皓投降，吴国灭亡，三家归晋，中国结束三国分裂的状态，重归大一统。唐代诗人刘禹锡这首《西塞山怀古》，描写的就是西晋伐吴大军攻入南京这段历史。

这首诗首联起得雄浑有力。仅仅截取了两个节点：战争的开端——王濬的楼船从益州出发顺流东下；结局——金陵被破，吴帝的帝王气运黯然收场。把这场战争的面貌凝练地概括出来，让我们看到这场战争的双方实力之悬殊——晋军士气如虹，一路高歌猛进，锐不可当；而吴军则是闻风丧胆、溃不成军。一个"收"字，用得精妙，把战争的迅捷、猛烈，胜利者摧枯拉朽的势头，表达得十分形象。

颔联接得意境高远。东吴的亡国之君孙皓为了防备敌人进攻，命人在江中轧入大铁锥，又用长长的铁链横锁江面，以拦截晋军船只。然而，即便他凭借长江天险，又采取了这样自以为是万全之计的对策，依然没能阻挡晋军的进攻，没有免除灭亡的命运。王濬用大竹筏冲走吴军设的铁锥，用火炬烧毁了铁链，当吴军千寻长的铁锁沉入江底的时候，吴国也走到了穷途末路。

一边是吴、晋悲壮的历史，一边是眼前亘古不变的山峦与长江。颈联诗人自然抒情道：处在人世间，我不知道为那烟消云散的往事伤心过多少次，然而眼前这西塞山，却还是原来的样子，依旧无知无觉地枕着沁冷的江流，仿佛什么都不曾发生。"枕寒流"是一处不着痕迹的用典。西晋孙楚年轻时想去隐居，就对王济说："我要去枕石漱流。"没想到一时口误，说成了："我要

去漱石枕流。"王济说："流水可以枕，石头可以漱口吗？"孙楚应声回答："之所以要枕着流水，是为了洗干净耳朵，不听贪言；而之所以要用石头漱口，是为了磨砺牙齿，口舌伶俐。"这里把山比拟为人，枕着长江寒流，符合山静水动的特征。

尾联承接颈联的抒情，进一步推进由历史遗迹产生的感慨：就像西晋统一了中国是历史的进步一样，今天我们的王朝也是四海一家，而那古人留下的军事堡垒已然成废墟，只余江边萧萧瑟瑟的芦苇，在秋风中飘摇，仿佛也在为往事唏嘘。

刘禹锡是中唐著名诗人，诗名与柳宗元、白居易平齐，并称"刘柳""刘白"。他性格刚毅，有乐观、豪猛之气，诗风自然流畅，简练雄浑，洋溢着生命活力，故而有"诗豪"的美称。刘禹锡擅长写咏史怀古诗，他历史知识丰富，又长期在大江南北担任地方官，足迹遍布大半个中国，所到之处，探幽访古，写诗咏怀，时常借古人的酒杯，浇自己心中块垒。

这首《西塞山怀古》作于唐穆宗长庆四年（824），诗里写的历史著名场景，虽然发生在石头城南京，但诗人想到这段历史，却缘于西塞山。这年，刘禹锡由夔州（今重庆奉节）刺史调任和州（今安徽和县）刺史，在沿江东下赴任的途中，经过湖北，看到西塞山下古代的军事废墟，触景生情，抚今追昔，于是写下这首感叹历史兴亡的诗。

写这首诗时，唐朝社会正面临着巨大的政治危机。唐宪宗时，唐朝虽然在平定藩镇叛乱的战争中取得了几次胜利，国家仍然保持着基本的统一，但藩镇割据的局面依然严峻。面对这种形势，诗人在诗中毫不隐讳地表达了对统一的称颂，对分裂的批判，这首诗名为《怀古》，其实影射的仍是当时的现实。

《西塞山怀古》笔力雄健，意境苍凉，有杜甫沉郁顿挫之风。清代薛雪《一瓢诗话》评论此诗："似议非议，有论无论，笔着纸上，神来天际，气魄法律，无不精到，洵是此老一生杰作，自然压倒元、白。"

提分秘笈

这首诗首联、颔联讲史，颈联、尾联议论。这就体现了怀古咏史类诗歌的特点：不只就事论事，还要对历史进行感受、思考，抒写由历史兴衰触发的情怀，或借鉴历史教训，以古讽今，阐明更深的治乱情理。

刘禹锡（772—842），字梦得，河南洛阳人，唐代文学家。他诗文俱佳，与柳宗元合称"刘柳"，与白居易合称"刘白"。刘禹锡性格刚直，诗亦有豪猛之气，故人称"诗豪"。他的诗始终有一种昂扬向上的情感，在诗人中别具一格。

名句

深秋帘幕千家雨，落日楼台一笛风。

题宣州开元寺水阁阁下宛溪夹溪居人

唐·杜牧

六朝文物草连空，天淡云闲今古同。
鸟去鸟来山色里，人歌人哭水声中。
深秋帘幕千家雨，落日楼台一笛风。
惆怅无日见范蠡，参差烟树五湖东。

注释

宣州：在今天安徽省宣城一带。

开元寺：原名永安寺，建于东晋，唐开元二十六年（738）改名开元寺。

水阁：临水的楼阁。

宛溪：在宣州城东。

夹溪居人：夹宛溪两岸居住着许多人家。

六朝：指东吴、东晋、宋、齐、梁、陈六个朝代。

文物：人文遗迹。

人歌人哭：《礼记·檀弓下》："歌于斯，哭于斯，聚国族于斯。"意思是祭祀时在这里奏乐，居丧时在这里痛哭，也可以在这里聚集宾朋及宗族。指的是宛溪两岸的人，世世代代居住在这里。

范蠡(lí)：春秋时越国的大夫。他辅佐越王勾践消灭吴国后，功成身退，泛舟五湖，过着隐逸的生活。

五湖：指太湖及与其相连的四个小湖。

译文

六朝古迹荒草丛生连接高空，天轻淡、云悠闲今天和古时相同。

鸟飞去鸟飞来飞在苍翠的山里，人歌唱人哭泣流淌在水声之中。

深秋的帘幕里千家万户都在下雨，落日照耀楼台笛声忧伤飘荡于晚风。

惆怅我无缘见到范蠡，高低不平如烟的远树蔓延到五湖以东。

点评

刘禹锡有一首著名的《乌衣巷》：

> 朱雀桥边野草花，乌衣巷口夕阳斜。
>
> 旧时王谢堂前燕，飞入寻常百姓家。

从这首诗里，我们了解到"六朝繁华"曾经是怎样的盛况。"六朝"是从东吴到陈的六个朝代，又名"六代"，定都于建康（今江苏省南京市），创造了悠久而辉煌的物质文明和精神文明。

"六朝古都"南京当时人口超过百万，作为国际港口，停靠着数以万计的中外船只，出现了"四海流通，万国交会，舟舶继路，商使交属"的繁华景象，为海上丝绸之路的中心城市。流经南京市的秦淮河两岸，商贾云集、经济繁荣、文化发达，诗歌、

书画都开创了一代之风。

我国第一部诗文总集《昭明文选》、第一部文学评论专著《文心雕龙》、第一部笔记体小说集《世说新语》和最早的人物画卷《女史箴图》，都诞生于这一时期。数学家祖冲之算出了圆周率，"书圣"王羲之创立了无可匹敌的书法，也都在这一时期。

不过，到了唐代，以南京为中心的江南虽然仍是富庶之地，但已不再是京城要塞，地位比六朝时期有所下降。因此，在刘禹锡笔下，乌衣巷的今非昔比，反映的正是六朝文化的沧桑巨变。而就在刘禹锡写下《乌衣巷》十二年后，又有一位诗人对于六朝繁华的凋落心生叹惋，这位诗人就是杜牧，这首诗就是《题宣州开元寺水阁阁下宛溪夹溪居人》。

开元寺是六朝时期所建的寺院，到了杜牧所在的晚唐，已属文物古迹。登临这种历史悠久的名胜古刹，诗人油然而生怀古之情。

此诗首联起得苍茫。六朝文明曾经是那样灿烂辉煌、流光溢彩，现在却被连天的荒草所掩埋，对于时间这种摧枯拉朽的力量，诗人不能不叹为观止。不过，诗人也并没有被单一的情感所支配，他由眼前之景一笔宕开，游心天地，思接千载，看到了不受时空局限的另一重现实——那宁静淡泊的天空，那悠游自在的白云，似乎并未因尘世的沧桑而改变，它们从古至今，依然是原来的样子，无拘无束，闲看人间的纷纭。这是一种了不起的历史观，超越是非善恶，开了一只宇宙之眼。上一个有这种历史观的人当推写下"念天地之悠悠，独怆然而涕下"的陈子昂。

首联把调子定得很高，格局拉得很大，那么颔联、颈联就要稍微收一收，写点具体的事物。在律诗中，第二联和第三联是需

要对仗的。杜牧的颔联和颈联，简直是对联界的"绝对"。"鸟去鸟来"对"人歌人哭"，"山色里"对"水声中"，不仅在词义、词性、重叠方面，对得非常工整，而且，"去"对"来"，"歌"对"哭"，也相反相成，句子内部也形成对仗。颔联"鸟"和"人"写的都是动物，颈联就变成了静物和景物。以"深秋帘幕"对"落日楼台"，以"千家"冷"雨"对"一笛"晚"风"，用简洁的笔触，把深秋的寒凉、枯寂描写得恰到好处。

如果说前三联是诗人面对六朝古迹，产生的思考和观察，那么尾联就是一种饱含个人感触的抒情。登临开元寺水阁，面对眼前的山水人鸟，他最大的感受是什么呢——惆怅。惆怅自己无缘见到春秋时越国的大夫范蠡，无法像范蠡那样建立不世功业，之后潇洒隐退，隐身江湖。

为什么诗人会有这样的感慨？其实也跟他当时的政治处境有关。杜牧是个少年进士，文武双全，志向高远。然而，他所处的时代，宦官专权，牛、李党争非常激烈，他身处夹缝，大受排挤，迟迟得不到重用。写这首怀古诗时，杜牧三十六岁，正在宣州做团练判官，仍是一个低级官吏，空有一腔热血，却报国无门，内心难免忧愤焦虑。因而，在这首诗里，他的历史幽思某种程度上也是一种自我排遣，通过超越性地看待人世变迁，从而获得内心的平静。

著名学者缪钺（yuè）评论杜牧之诗："独能于拗折峭健之中，有风华流美之致，气势豪宕而又情韵缠绵，把两种相反的好处结合起来。"这首怀古诗豪爽清丽，风神俊雅，是杜牧诗中的佳作。

提分秘笈

对比杜牧的《江南春》：

千里莺啼绿映红，水村山郭酒旗风。

南朝四百八十寺，多少楼台烟雨中。

同是感慨六朝的兴衰，这首诗就写得含蓄得多。诗人用朦胧的诗句，把江南水汽氤氲的温婉之美描写得动人心魄。我们甚至说不清他对江南遍地是佛寺的现象，究竟是持肯定态度，还是否定态度。也许，他自己也处在矛盾中？

佳节
思绪

但将酩酊酬佳节，
不用登临恨落晖。

——唐·杜牧《九日齐山登高》

名句

娇儿学作人间字，郁垒神荼写未真。

鹧鸪天·丁巳元日

宋·姜夔

柏绿椒红事事新。隔篱灯影贺年人。
三茅钟动西窗晓，诗鬓无端又一春。
慵对客，缓开门。梅花闲伴老来身。
娇儿学作人间字，郁垒神荼写未真。

注释

丁巳元日：宋宁宗庆元三年（1197）正月初一。

柏绿：古代风俗，大年初一要饮柏叶浸制的酒，以祈祷长寿，这种酒即名"柏酒"，为绿色。

椒红：同为古代风俗，大年初一饮花椒浸制的酒，以庆祝新春，酒名"椒酒"，色发红。

三茅钟：杭州七宝山宁寿堂（原名三茅观）的古钟。

无端：没有来由地、无缘无故地。

郁垒（lǜ）神荼（shū）：郁垒和神荼是两个神的名字，传说能驱鬼、避邪，故旧时奉为门神。

译文

柏酒透绿椒酒泛红，什么都很新。隔着篱笆灯影晃动，是那拜年的人们。

　　三茅钟敲响了，西窗迎来拂晓，我这诗人的鬓角不知不觉又添白发迎新春。

　　懒怠招待客人，那就晚点开门。梅花闲伴我日渐衰老之身。

　　可爱的孩子正在学着写世间的汉字，写了郁垒神荼的名字，却没写好没画真。

我们在小学课本里都学过王安石的《元日》：

> 爆竹声中一岁除，春风送暖入屠苏。
> 千门万户曈曈日，总把新桃换旧符。

　　从这首诗，我们可以了解古人过春节的习俗：放鞭炮、饮屠苏酒（一种据说可以祛病避邪的药酒）、贴春联。同时，也能感受到万象更新的气氛，领会诗人锐意改革的决心和勇气。这可以说是有关春节最著名的诗篇之一。不过，《元日》主要是为了抒发一种政治情怀，而同是过春节，姜夔的《鹧鸪天·丁巳元日》则写出了另一种"年味"。

　　宋宁宗庆元二年（1196），姜夔四十二岁，携家眷从湖州搬到杭州，投靠朋友张鉴，以朋友的接济为生。之后，他漫游于武康（今属浙江湖州）、无锡各地，到年末除夕前五日才回到杭州家中。这首词就作于庆元三年（1197）大年初一。

　　"柏绿椒红事事新"描写的就是古人过年饮柏酒和椒酒以辞旧迎新的风俗，这和王安石所写过年饮屠苏酒的风俗差不多。

　　"隔篱灯影贺年人"描写的是拜年的场景。隔着篱笆，左邻右舍灯影摇曳，说明拜年的时间特别早，在天亮之前。我国北方

某些地区的人们至今保留着大年初一——早五六点就开始拜年的习俗，可见此风俗古已有之。

"三茅钟动西窗晓，诗鬓无端又一春。"拜年结束后，一直到三茅观的晨钟悠悠传来，西窗才见晨光破晓。新年就这样到来了，而词人不知不觉间又度过了一个春秋，鬓边无缘无故又添几丝白发。

"慵对客，缓开门。"过年本是亲朋往来最稠密的时刻，而姜夔此时却懒于招待客人，开门应酬也比别家晚，此处透露出一种略显疲惫的中年心态。

"梅花闲伴老来身"承接上两句，略有叹老嗟卑的感慨，但"梅花闲伴"四字更透露出，诗人的懒于应酬更多是自甘寂寞、超尘脱俗，与"以梅为妻、以鹤为子"的隐士林逋（bū）有同样清雅的志趣与爱好。

"娇儿学作人间字，郁垒神荼写未真。"娇纵的小儿女尚在学写字的年龄，争着抢着要写春联，却连郁垒和神荼的名字都写不准确。此处宕开一笔，跳出自身情感，转向心境之外的人、事，把世间小儿女的情态描摹得生趣盎然，于超凡脱俗的诗境中平添一缕人间烟火气。

这首词细细品来，滋味丰富而醇厚。它既有节庆的喜悦，又有岁月蹉跎的无奈，有自甘寂寞的清旷，又有安享天伦的快乐。它是诗人深沉而复杂的心境，于无声处酝酿着时光的醇酒。

提分秘笈

陆游写过一首有关除夕的诗《除夜雪》：

北风吹雪四更初，嘉瑞天教及岁除。

半盏屠苏犹未举，灯前小草写桃符。

诗里也有饮屠苏酒、写对联的风俗。可见过年的仪式，从宋代起，就和今天差不多了。而且在《除夜雪》里，诗人四更天还没有睡，应该是在熬夜守岁吧。

名句

燕子来时新社，梨花落后清明。

破阵子·春景

宋·晏殊

燕子来时新社，梨花落后清明。池上碧苔三四点，叶底黄鹂一两声，日长飞絮轻。

巧笑东邻女伴，采桑径里逢迎。疑怪昨宵春梦好，元是今朝斗草赢，笑从双脸生。

注释

逢迎：相逢。

疑怪：怀疑。

元是：原来是。

译文

燕子飞回时正值春社，梨花飘落后就到清明。池塘上漂着绿苔三四点，叶子底下黄鹂偶尔鸣唱一两声，白天长了，柳絮飘飞，飞得轻盈。

东邻女子笑容灿烂，采桑路上和她相逢。本以为她是昨晚美梦做得好，原来是今早斗草大获全胜，笑意从两边脸上浮生。

点评

一提到与清明有关的诗，我们第一个想到的就是杜牧的

《清明》：

> 清明时节雨纷纷，路上行人欲断魂。
>
> 借问酒家何处有，牧童遥指杏花村。

而在清明节之前不久，其实还有两个重要节日，一个是"寒食"，一个是"春社"。晏殊这首《破阵子·春景》描写的就是古人过春社的情景。

这首词上阕写景，下阕写人，上阕清新自然，下阕灵动活泼。归来的燕子、飘落的梨花、池上的碧苔、清脆的鸟啼、纷乱的柳絮，映衬着笑靥如花的少女，让人感受到春天的勃勃生机和青春的无限美好。

词里的"清明"就是清明节；"新社"即是春社，约在春分前后，是祭祀土地神的盛大节日。这一天，在乡村，邻里聚会，酒食分餐，赛会欢腾。闺中少女也放了"假"，撇下女红，呼姊唤妹，出门游玩。于是，就有了下阕斗草欢笑的热闹场景。

"斗草"是什么活动呢？这是古代女子的一种游戏，也叫"斗百草"。玩法是：比赛双方先各自采摘具有一定韧性的草，相互交叉成"十"字状并各自用劲拉扯，以不断者为胜，是谓"武斗"；"武斗"外，还有"文斗"，就是对花草名，女孩们采来百草，以对仗的形式互报草名，谁采的草种多，对仗的水平高，坚持到最后，谁便赢。因此，玩这种游戏，没点植物学知识和文学修养是不行的。《红楼梦》里"香菱斗草"的情节，描写的就是这个风俗。

晏殊的词吸收了晚唐"花间派"与冯延巳之长，以典雅流丽著称，这首词正是典型的晏殊词。晏殊一生非常平顺，七岁即有文名，十四岁就以"神童"的身份被推荐给宋真宗，后被赐予进士出身，之后仕途也比较顺畅，最高曾做到宰相之位。他所处的时代正是北宋的巅峰，内政外交都很平稳，政治、经济、文化也很繁荣，他因此有"太平宰相"的称号。

晏殊的诗词理性、圆融、旷达，很难说与他久处富贵的人生经历没有关系。不过，早年间，晏殊也有过在乡村生活的经历，对于乡村的劳动场景、生活场景并不陌生，因此，这首词里所描写的"春社"热闹、欢快，让人感受到乡村生活的欣欣向荣。"燕子来时新社，梨花落后清明"一句清新、淳朴，风神婉约，读之忘俗。

提分秘笈

今天，远离农耕时代的我们已经不怎么重视"春社"这个节日了，而在古代，这个节日还是相当重要的。这个节日一般在阳春三月，正是春暖花开、动物繁育的时节，因此，它是和大自然紧密沟通的节日。在这个节日里，品尝美食、踏青、郊游、男女相会……种种活动，让它充满春天的气息。

晏殊（991—1055），字同叔，江西临川人，北宋词人。晏殊善写词中小令，风格典雅，柔婉清丽，与欧阳修合称"晏欧"，和其子晏几道合称"二晏"。

名句

桐花半亩，静锁一庭愁雨。

锁窗寒·寒食

宋·周邦彦

暗柳啼鸦，单衣伫立，小帘朱户。桐花半亩，静锁一庭愁雨。洒空阶、夜阑未休，故人剪烛西窗语。似楚江暝宿，风灯零乱，少年羁旅。

迟暮。嬉游处。正店舍无烟，禁城百五。旗亭唤酒，付与高阳俦侣。想东园、桃李自春，小唇秀靥今在否？到归时、定有残英，待客携尊俎。

注释

暗柳：深绿色的柳树，指暮春之柳。

暝（míng）宿：夜宿。

风灯零乱：蜡烛在风前乱舞。出自杜甫诗《船下夔州郭宿雨湿不得上岸别王十二判官》："风起春灯乱，江鸣夜雨悬。"

迟暮：黄昏，比喻人生到了晚年。

禁城：京城，京城禁止夜行，故曰"禁城"，这里指长安。

百五：寒食节一般在冬至后一百零五天或一百零六天。

旗亭：酒楼。

高阳俦侣：即"高阳酒徒"，指好饮酒而狂放不羁的人。

"想东园"二句：出自阮籍《咏怀诗八十二首·其三》："嘉树下成蹊，东园桃与李。"

小唇秀靥（yè）：指妆扮美丽的女子。靥指酒窝，也指女子在面部点搽装饰。

尊俎：尊同"樽"，酒杯。俎，盛肉的器物。尊俎指宴饮之器。

译文

幽暗的柳树上落着哇哇叫的乌鸦，我身着单衣伫立庭院，站在小帘朱门边。梧桐花开了半亩，静锁一院雨、一院愁绪。雨洒在空空的台阶上，夜深还不息，想起故人西窗下剪着烛花，曾和自己共语。这情景，好像年少时我在楚江夜宿，风中灯火缭乱，映照旅途的孤独。

我老了！人们游乐的地方，客舍旅店都没有炊烟，这是寒食节，长安冬至后的一百零五天。在酒楼高声唤酒的不羁往事，就交给酒徒们去做吧！我只想着东边故园，桃李盛开之处，那个美丽的红颜知己如今还在吗？等到回去，一定还有未落的残花，等我这个归客携酒去看它。

点评

寒食节是一个古老的节日，唐代韩翃（hóng）有首著名的《寒食》诗：

春城无处不飞花，寒食东风御柳斜。
日暮汉宫传蜡烛，轻烟散入五侯家。

这首诗描写的就是寒食节禁火、吃冷食的风俗。寒食节在清明节前一两天，相传是为纪念春秋时的忠臣介之推而设立的。介之推跟随晋文公重耳一起流亡，曾割下腿上的肉给晋文公充饥。

然而，等到晋文公夺取君位后，介之推却不愿受赏，背着老母亲隐居绵山。晋文公为了逼他出来，放火焚山，介之推和母亲宁可被烧死也不愿出来。晋文公因此下令在介之推死难之日全国禁火、吃冷食，这就是寒食节的来历。

周邦彦这首《锁窗寒·寒食》也作于寒食节这天。"正店舍无烟，禁城百五。"描写的就是寒食节禁火、吃冷食的习俗。这首词作于宋徽宗政和二年（1112）春，上年末，周邦彦被任命为河中府（今山西省永济县）知府，此年初因公事往来于河中府和长安之间，这首词就是他旅居长安的作品。

《锁窗寒》是周邦彦自创的词牌，词牌名来自词中"静锁一庭愁雨""故人剪烛西窗语"之句。创作这首词时，周邦彦已经是一位五十六岁的老人，心情颇为沉郁，故词中有"风灯零乱""迟暮"这样的语句感时伤逝。又因词人曾在十九岁时自荆楚到长安漫游，故词中"楚江暝宿""少年羁旅"写到这段往事。

上阕通过"暗柳""啼鸦""愁雨""风灯""零乱""羁旅"等意象，把纷纷扰扰、缠缠绵绵的愁绪微妙地道出。"桐花半亩，静锁一庭愁雨"，诗味清远。"故人剪烛西窗语"化用李商隐《夜雨寄北》中的"何当共剪西窗烛，却话巴山夜雨时"，写尽绵邈深情。

如果说上阕是对情绪的安静感受，那么下阕就是五官与思维的激烈漫游。"高阳俦侣"出自《史记·郦生陆贾列传》：郦食其穿着儒生的宽袍大袖去见汉高祖刘邦，刘邦看不起儒生，因此不肯见他。郦食其为了见到刘邦，按剑大叫："我是高阳酒徒，不是儒生！"刘邦这才把他请进去。后世因此把嗜酒而狂放不羁的人称为"高阳酒徒"。

在寒食节这天，火是不能生的，酒却可以喝。但词人自觉已至迟暮，旗亭唤酒之类的事，只能让高阳酒徒去逞兴。而他的思绪早已飘回故乡，那里，曾有一个姑娘艳若桃李，返乡之日，多希望那人还在等他，和他一同携酒肉共赏剩余的春光。

这首《锁窗寒》以细腻的笔触铺陈羁旅途中种种复杂的人生况味，词里有对宦游生涯的厌倦，有对朋友故交的思念，有对岁月流逝的叹惋，有对家乡的眷恋，还有对爱情的回味怀想。

有人称周邦彦为"词中老杜"，指的就是他擅长通过精雕细琢，把深沉的人生感慨融入词境。清代黄苏以"风情旖旎"四字点评此词，可谓精当。

提分秘笈

周邦彦深通音乐，能自己作曲，曾自创"六丑""华胥引""花犯"等词牌，在审订词调方面也做了不少精密的工作。他的词格律谨严，曲丽精雅，长调尤擅铺叙，被婉约词人尊为"正宗"。

周邦彦（1057—1121），字美成，号清真居士，浙江杭州人，北宋词人。其词格律谨严，语言雅丽，长于铺叙。周邦彦精通音律，在词的形式上融合婉约派各家之长，做了很多创新，他因此被称为"婉约派的集大成者"。

名句

屈平辞赋悬日月，楚王台榭空山丘。

江上吟

唐·李白

木兰之枻沙棠舟，玉箫金管坐两头。
美酒樽中置千斛，载妓随波任去留。
仙人有待乘黄鹤，海客无心随白鸥。
屈平辞赋悬日月，楚王台榭空山丘。
兴酣落笔摇五岳，诗成笑傲凌沧洲。
功名富贵若长在，汉水亦应西北流。

注释

江上吟：李白自创的歌行体七言古诗。江，指汉江。

木兰：一种有香味的木材，可以造船。

枻（yì）：船桨。

沙棠：也是一种木材，相传用其造船，船不会沉没。

玉箫金管：用玉和金装饰的箫与笛子，形容乐器的华贵。

斛（hú）：量器，十斗为一斛。

乘黄鹤：这是一个神话传说。黄鹤楼故址在今湖北省武汉市武昌西黄鹤山上，下临长江和汉水，相传仙人子安曾骑着黄鹤经过此地，因而得名。

海客：海边的人。

无心：没有心机。

白鸥：出自《列子·黄帝篇》：海边有个人喜欢海鸥，每天他来到海边，飞到他身边的海鸥几百只都不止。有一天，他的父亲说："我听说海鸥都喜欢跟你玩，你抓些来，让我也玩玩。"第二天，这个人再到海边，海鸥们就只在天空盘旋，不飞下来了。

台榭（xiè）：平而高，可以供人远眺的建筑，名"台"；建于台上，只有柱子和花窗，没有四壁的建筑，名"榭"。

五岳：指东岳泰山，西岳华山，南岳衡山，北岳恒山，中岳嵩山。

凌：凌驾，高出。

沧洲：水滨，古代常指隐士隐居的地方。

译文

木兰为桨沙棠作舟，玉箫金笛坐在两头。

美酒盛在杯中摆了千斛，载着歌伎随波自在漂流。

仙人驾鹤归去尚有依赖，海客没有心机才能吸引白鸥。

屈原的辞赋高悬如日月，楚王的台榭荒芜只余山丘。

我兴致淋漓落笔摇动五岳，我诗成以后笑傲之声高越海洲。

功名富贵如果能够永恒，汉水也会往西北倒流！

点评

端午节是纪念伟大的爱国诗人屈原的节日，有关屈原的生平，我们在课文《屈原列传》里学过，这是司马迁《史记》里的名篇。

屈原深刻地影响了中国文学的走向，他开创了"楚辞"这一文体，使"骚体"和《诗经》的"风诗"并驾齐驱；他创立了"香

草美人"的诗歌传统，以浪漫的比喻，表达对高洁之士的赞美；他在痛苦的流放生涯中忧国忧民并以身殉国，以忠贞的品格和爱国的热忱影响后人，后世的文人士大夫每每在失意之际援引屈原，以安慰自己在仕途上的不得志。"诗仙"李白，一生渴望建功立业，却壮志难酬，于是，在人生遭遇挫折时，他也想到了屈原，有了这首《江上吟》。

《江上吟》作于唐玄宗开元二十三年（735），为李白游江夏（今湖北武汉）时所作。作这首诗之前，李白刚结束了为期两年的长安之游，正四处求人推荐自己，却没什么进展。

说起来，李白这次长安之行不堪回首。开元十九年（731），李白在安陆娶了唐朝前宰相许圉（yǔ）师的孙女，借助许家的人脉和资源漫游长安。这次游历，李白的目标很明确，那就是进入仕途。

开元二十年（732），李白在长安结识了贺知章、玉真公主和张说父子，希望他们能引荐自己。贺知章与李白很投缘，他不仅欣赏李白的诗文才华，而且为他的风度所倾倒，赠给他"谪仙人"的美称。贺知章热情地邀请李白到酒肆中饮酒，因为忘带银两，当即解下皇帝赠他的金龟作酒资，从此留下了"金龟换酒"的文坛佳话。两人结为诗文酒友，与李适之、李琎（jìn）、崔宗之、苏晋、张旭、焦遂等六人交游痛饮，时号"酒中八仙人"。

不过，李白在权力更大、地位更高的玉真公主和张说父子那里，却遭到了冷遇。李白寓居于玉真公主的别馆里，穷困潦倒。别馆虽说是公主府第，但其实是一个无人居住的荒园。李白住在那儿，连伙食都无人料理，只能寄食于农家，白天以缀补旧书为业。在这种境遇下，李白有些自暴自弃，结识了长安的一些不良

少年，与他们混迹在一起。有一次，因为与长安恶少发生冲突，李白险些丧命，幸亏朋友及时赶到，才把他救了出来。

在长安蹉跎了两年光阴后，李白无奈之下回到了安陆家中。不过，他并没有放弃入仕的希望。开元二十二年（734），李白结识了安陆裴长史，给他写了干谒信，也就是"求职信"，希望他能任用自己，却没有成功。

开元二十三年（735），李白来到襄阳，认识了荆州长史韩朝宗。韩朝宗有重视贤才、提拔后进的美名，时人赞曰"生不愿封万户侯，但愿一识韩荆州"。李白对韩朝宗抱有很大的期望，写下了著名的干谒文章《与韩荆州书》，在这篇文章里，他慷慨表达了自己欲"扬眉吐气、激昂青云"的志向，然而令他失望的是，韩朝宗并没有举荐他。李白"求职"不遂，愤而作《襄阳歌》，在《襄阳歌》中写道："君不见晋朝羊公一片石，龟头剥落生莓苔。泪亦不能为之堕，心亦不能为之哀。"以此暗讽韩朝宗虽有口碑，实际上徒有虚名。

在此之后，李白又求助于襄阳县尉李皓，亦无果。于是，这年暮春，李白游江夏，泛舟汉江，怀着"求职"不成的悲愤与忧闷，创作了这首《江上吟》。

木兰做桨，沙棠为舟，极言船的华贵；玉做箫管，金饰笛子，极言乐器的富丽。酒杯里盛着千斛美酒，游船上载着歌舞美伎。前四句可以说把声色之娱写到了极致，更何况，这满载声色的游船随波逐流、来去自由，更有一种放纵的快乐。于是，诗人生出一种比神仙还要快活的适意——神仙还要有所凭依，需要乘着黄鹤才能登仙；而我更像那个没有心机的海边之人，漫随白鸥飞舞，自在徜徉，无拘无束。

诗到这里，我们看到诗人表达的是一种极度美好与自由的状态。然而，随着"屈平辞赋悬日月，楚王台榭空山丘"两句出场，我们立刻感受到诗人在沉酣酒色的放纵背后，隐藏着深切的悲愤与苍凉。屈原忠君爱国，却被楚王流放，最后投江自尽，他的人生是悲壮的，同时也是不朽的，他的辞赋流芳千古，像日月一样高悬于天空，光耀大地；而那荒淫无道的楚王，他的亭台楼阁当年建得那么奢华壮丽，到头来还是逃不过国破家亡的命运，最终化为尘土，空傍山丘。

　　通过对屈原与楚王一个永恒一个湮灭的对比，诗人对忠直品格极力颂扬，而对权势、富贵极力抨击，与此同时，他也找到一种永远不变的价值，那就是"文章的不朽"。诗人以自信昂扬的姿态自许其诗赋——兴致酣畅淋漓时，下笔雄健，力量能摇撼五岳；诗作写成后，胸襟高远，能在笑傲间越过海洲。

　　因为找到了自己充分认可的价值，诗人的胸怀也超越了个人得失，于是他在诗尾以讽刺的语气感慨道：功名富贵若是能长久，那么汉水也能向西北倒流了。

　　从这首诗里，我们能看到，李白因为怀才不遇，心中充满不甘与愤懑，故而他向道家出世的思想中寻求安慰，向屈原的遭遇中寻找自身的价值，以及时行乐的放达对抗失败的痛苦。不过，这首诗虽然基调是消沉的，但李白以激越的感情、奔放的气势、磅礴的力量赋予了它一种明亮的色彩、铿锵的音韵。所谓盛唐气象，大概就是这种江河奔腾的恢宏气度。

提分秘笈

　　想深入了解屈原这位伟大的浪漫主义诗人的生平，可以参考《史记·屈原贾生列传》；想感受屈原诗歌的魅力，可以阅读他的经典名篇《离骚》；此外，延伸阅读也包括《国殇》《九歌》《天问》等。

名句

此生此夜不长好，明月明年何处看。

阳关曲·中秋作

宋·苏轼

暮云收尽溢清寒，银汉无声转玉盘。
此生此夜不长好，明月明年何处看。

注释

阳关曲：词牌名。

银汉：银河。

转：移动。

玉盘：圆月。

译文

傍晚云霞散尽空气溢出清寒，银河悄无声息转动玉盘。

此生此夜是不能长有的美好，明月明年我又在何处观看？

点评

八月十五是中秋节。有关中秋节的诗歌，我们学过唐代诗人王建的《十五夜望月》，学过宋代苏轼的《水调歌头·明月几时有》。"今夜月明人尽望，不知秋思落谁家""但愿人长久，千里共婵娟"，都是千古咏月佳句。

苏轼写过好多次中秋节，而对着这象征团圆的中秋之月，他思念最多的不是别人，正是他的弟弟苏辙苏子由。

苏轼是著名的"宠弟狂魔"，他一生最亲密的家人、朋友就是弟弟苏辙。无奈命途坎坷，他和弟弟一生聚少离多，大部分时间，只能把最绵长的思念、最深挚的情感，编织在诗里，随清风、明月遥寄异乡。

苏轼为苏辙写过一百多首诗，单是中秋节怀子由的诗，就有多首佳作。《水调歌头·明月几时有》作于宋神宗熙宁九年（1076）中秋，写这首词的时候，苏轼四十一岁，正在密州（今山东诸城）做知州，心情有些郁闷。

熙宁二年（1069），王安石在宋神宗的支持下展开了轰轰烈烈的变法运动。两年后，苏轼因为对新法提出了不同意见，就被新党视为敌对派，遭受了猛烈的攻击。在这种形势下，苏轼被迫请求到外地任职。熙宁四年（1071）年末，他被任命为杭州通判，在杭州待了三年。熙宁七年（1074），他又换任到密州。在那里，因为思念弟弟，他充满深情地写下了《水调歌头·明月几时有》，期待能有和弟弟团圆的一天。

说来也算幸运，就在苏轼祈祷完"但愿人长久，千里共婵娟"之后不久，他和苏辙便得到了团聚的机会。熙宁九年（1076）冬，苏轼收到了调任河中府（今山西永济）的命令，于熙宁十年（1077）春离开密州南下，在京师与苏辙相会。之后，他又接到了改任徐州的命令，于是，苏辙就陪他到彭城（今江苏徐州）上任，在彭城从四月一直相伴到中秋节后才离开。这是苏轼外放七年来，第一次和弟弟共度中秋，苏轼因此写下《阳关曲·中秋作》以寄托情怀。

"阳关曲"是词牌名，所以这是一首小令词，而不是诗。苏

轼兄弟的赏月活动开始于暮色四合、飞云敛尽时，持续到深夜银河流转、玉盘西沉，中秋的空气浸溢着清朗的寒气，时间沉默流逝，兄弟二人相对无言，如梦似幻。这样的月夜星辉，这样的相聚相伴，美好得不真实，短暂得像露珠、闪电。因而，苏轼生出无限感慨："此生此夜难以常有，明年的明月，又不知和谁在何处观看？"

如同一句谶语，在发完这通感慨后，苏轼和弟弟苏辙就如两叶浮萍，在宦海中飘零而散。此后，他们再没有这样大段的静谧时光消磨厮守。前方，等待苏轼的是更加险恶的人生，更加跌宕的命运，此时的明月与良夜，已是他余生最好的时光。

晚年苏轼被流放到岭南惠州，途经赣州时，回忆起十八年前在彭城和苏辙中秋赏月的情景，心中生起万千感慨。他重新手书了这首词，为当年的美好不复再来而唏嘘不已。在苍凉的心情中，他方才悟到当年慨叹"此生此夜不长好"时，并未料到之后的风雨会来得更猛更狂暴。

提分秘笈

苏轼写中秋节的佳作还有一首《西江月》：

世事一场大梦，人生几度秋凉？夜来风叶已鸣廊。看取眉头鬓上。
酒贱常愁客少，月明多被云妨。中秋谁与共孤光。把盏凄然北望。

这首词也作于贬谪之地，包含着深沉的苦闷，甚至有人生空幻的虚无感，这首词同样饱含苏轼对弟弟苏辙的思念。

尘世难逢开口笑，菊花须插满头归。

九日齐山登高

唐·杜牧

江涵秋影雁初飞，与客携壶上翠微。
尘世难逢开口笑，菊花须插满头归。
但将酩酊酬佳节，不用登临恨落晖。
古往今来只如此，牛山何必独沾衣。

注释

齐山：在今安徽省贵池县。

江：长江。池州就在长江边上。

涵：包容、沉浸。

翠微：清淡青葱的山色。

酩（mǐng）酊（dǐng）：醉得迷迷糊糊。

酬：报答。

恨：埋怨、叹息。

译文

江水倒映秋景的影子，大雁刚向南飞，与客人提着酒壶登山览看翠微。

人世难以碰到开口大笑的乐事，今天必须把菊花插满头鬓才兴尽而归。

来吧，且用一场大醉酬答佳节，不要在登高时怀着忧愁叹息落日余晖。

人生短暂古往今来都一样，何必要学齐景公在牛山上哭泣流泪。

点评

有关重阳节的诗，最著名的莫过于王维的《九月九日忆山东兄弟》：

> 独在异乡为异客，每逢佳节倍思亲。
> 遥知兄弟登高处，遍插茱萸少一人。

重阳节，因为是在农历九月九日，又叫"重九节"。"九"在《易经》中为阳数，故名"重阳"。重阳节这天，古人有登高祈福、赏菊秋游、插戴茱萸、拜神祭祖、宴饮祈寿等习俗。传承到今天又增加了感恩敬老的内涵，于是这天也被称为"敬老节"。

如果没有明确写出月份，古人诗文里的"九日"多特指农历九月九日"重阳节"。这首《九日齐山登高》就是杜牧在重阳节这天登上池州南边的齐山秋游远眺时所写的诗。

这首诗写于唐武宗会昌五年（845），这一年，杜牧四十三岁，正在池州（今安徽省池州市）任刺史。首联提到一个"客"，这个客是谁呢？就是晚唐诗人张祜。张祜和杜牧一样出身名门，人称"张公子"，诗才高华，但一生不得志，怀才不遇。他和杜牧关系很好，这次到池州拜访杜牧，正值重阳节，两人就一齐携酒登高。此刻，二人站在青翠的齐山顶上，看到长江在脚下滚滚流过，秋光中，南飞的大雁影子倒映在江水中，心中生起无限感慨。

　　颔联"尘世难逢开口笑，菊花须插满头归"表达一种旷达的姿态：尘世纷扰，很难碰到让人高兴的事情，因而，值此佳节，有酒有友，就当及时行乐，把菊花插满头鬓兴尽而归。

　　颈联"但将酩酊酬佳节，不用登临恨落晖"，用的是陶渊明的典故。陶渊明辞去彭泽县令归乡隐居之后，生活一度很贫困，但他不改嗜酒的本性。这一年重阳节，他家里穷得一滴酒都没有了，只好坐在住宅旁的菊花丛里久久远望。这时，他看到有个穿白衣服的人从远处走来，原来是朋友王弘派人来给他送酒。陶渊明也不客气，酒至就喝，直到喝醉才回家。从陶渊明以后，"菊花"与"酒"就成为名士的标配，常在重阳节隆重出场。这一联进一步推进放达之意，劝朋友不要在登山临水时对着夕阳叹息人生，而要放下俗虑，效仿陶渊明的潇洒，纵情痛饮。

　　尾联"古往今来只如此，牛山何必独沾衣"，"牛山沾衣"也是一个典故，讲的是春秋时，齐景公登上牛山，北望城郭，看到泰山巍巍、大河汤汤，为生命短暂、人终有一死而潸然泪下。这一联反用这个典故，表现一种看破生死的达观：人生无常，古往今来都是这样，何必像齐景公那样在牛山上流泪呢？

　　这首诗看似处处放达，其实在放达中又隐藏着深深的郁愤。杜牧所处的时代，正是牛李党争最激烈的时期。以李德裕为首的李党，出身望族，靠祖辈的荫庇入仕，因此主张重用名门子弟；而以牛僧儒为首的牛党，出身寒门，以诗文才华通过科举入仕，因此主张重用寒门子弟。两党利益不同，互相排挤，杜牧于是成为牛李党争的牺牲品。

　　杜牧出身名门，家族不乏靠门第声望出仕的人，同时，他年纪轻轻就进士及第，对牛党和李党，其实持折中态度。杜牧自我

期许很高，认为自己有经天纬地之才，应该成就一番事业。他研习经史，熟读兵法，期望凭借文韬武略建功立业。然而，因为杜牧和牛僧儒私交不错，他被李德裕认为是牛党之人，始终没能取得李党的信任，终其一生，仅仅做过几任无足轻重的地方官，并没有得到大展宏图的机会。

因而，写这首诗时，杜牧有一腔怨愤，认为自己的不得志皆是因为李党的打压。于是，这首诗在看似潇洒、豪迈的姿态中，充满了不平之气。诗评家认为此诗"感慨苍茫"，为杜牧最佳之作。"尘世难逢开口笑，菊花须插满头归"一联，晓畅通达，为唐诗名句。

提分秘笈

李白和杜甫并称"李杜"，李商隐和杜牧并称"小李杜"。但这"小李杜"中的李商隐，诗风深情绵邈，更像有大爱的杜甫；而"小李杜"中的杜牧，诗风雄姿英发、华美风流，更像飘逸雄奇的李白。宋代词人姜夔在《扬州慢》中称杜牧为"杜郎俊赏"，一个"俊"字，传达出杜牧诗的神韵。

想得家中夜深坐，还应说着远行人。

邯郸冬至夜思家

唐·白居易

邯郸驿里逢冬至，抱膝灯前影伴身。
想得家中夜深坐，还应说着远行人。

注释

驿：驿站，古代供传递公文和军事情报的人或出差的官员途中食宿、换马的地方。

译文

邯郸驿站里遇到冬至佳节，以手抱膝坐在灯前只有影子陪伴此身。

想着家里人夜深不睡团团围坐，应该是在念叨我这个远行之人。

点评

冬至是二十四节气中的一个重要节气，也是中国民间的传统节日。北方人习惯在这一天包饺子吃，并有谚语诙谐地说："冬至不端饺子碗，冻掉耳朵没人管。"与很多节日一样，冬至也是追求阖家团圆的佳节，要是这一天不能和家人团聚，就是颇为遗憾的事。这不，唐代大诗人白居易这年冬至"出差"来到邯郸，

因为无法回家陪伴家人，就在孤寂的心情中度过了一个没滋没味的节日，还给我们留下了一首有韵有味的千古佳作。

这首《邯郸冬至夜思家》作于唐德宗贞元二十年（804）岁末，此年白居易三十三岁，在外宦游做官，夜宿于邯郸驿舍。

在古代，人们还是相当重视冬至的。在这个节日，官府会给官员、差役放假，民间也热闹非凡，人们穿新衣，做美食，互相拜访，送上祝福，一派喜气洋洋的景象。然而，对借住于邯郸驿站的白居易来说，这个冬至却是个冷清的节日。夜幕降临，无人陪伴，只有诗人一个人对着孤灯抱膝独坐，形单影只。外面的热闹让诗人越发想家，他不由想象着家里的亲人深夜围炉闲坐聊天的情景，他们在说什么呢？应该是在念叨他这个远行在外的人吧！

这首诗语言质朴，省净有味，充分体现了中国诗歌含蓄蕴藉的特点。明明是诗人自己想家，他却不说自己，而是拐弯抹角地说家里的人在想自己、说自己，诗词里这样的表达非常多。比如我们熟知的《九月九日忆山东兄弟》："独在异乡为异客，每逢佳节倍思亲。遥知兄弟登高处，遍插茱萸少一人。"不说自己在重阳节这天怀念家里的兄弟，而说家中兄弟秋日登高，感慨家人团聚独独少了自己。杜甫的《月夜》也是这种写法，"今夜鄜（fū）州月，闺中只独看"，不说自己在月明之夜思念妻子，而说独守空闺的妻子在清澈的月光下想念自己，泪水盈盈。还有韦庄的《浣溪沙》："夜夜相思更漏残，伤心明月凭阑干，想君思我锦衾寒。咫尺画堂深似海，忆来惟把旧书看，几时携手入长安？"明明是女子想念情郎，想到无法入眠，却不说自己思念，而是说"想君思我锦衾寒"。

这种写法有什么好处呢？最大的好处是把情感拉远距离来感受，给情感开辟一个更大的想象空间。这就像游览中国园林，中国园林常以假山、障壁、月亮门、竹林等将建筑隔开，避免人们一览无余。人们要领略园林之美，就要透过镜子、门窗、纱幕，曲折、变幻、朦胧地看，虽然多了层遮挡，却更深刻地直抵人心。

　　提分秘笈

　　写作文时，要注意语言的含蓄，并不是把意思表达得越直白、越清晰，就越好。正如古人说的"文似看山不喜平"，有时候，留一点空白，多一点曲折，或者试着像这首诗一样转换一下叙述视角，反而有独特的美感在其中。

**励志
格言**

麤缯大布裹生涯，
腹有诗书气自华。

——宋·苏轼《和董传留别》

名句

古人已用三冬足，年少今开万卷余。

柏学士茅屋

唐·杜甫

碧山学士焚银鱼，白马却走身岩居。
古人已用三冬足，年少今开万卷余。
晴云满户团倾盖，秋水浮阶溜决渠。
富贵必从勤苦得，男儿须读五车书。

注释

碧山：青山。

银鱼：银质鱼章。

身岩居：逃到山中居住。

三冬：冬季的三个月，即冬天。

团：圆。

倾盖：像车盖一样聚集、相交。

浮阶：指雨水上涨，漫过台阶。

决渠：水冲破河渠。

译文

隐藏于青山的柏学士银鱼被烧，白马生一样正直的他选择在高岩安居。

他像古人一样把三冬的时间都利用上，年纪轻轻就饱读诗书

万卷有余。

晴天云彩聚集在他的茅屋上如同车盖，秋天雨水漫过台阶冲出了河渠。

富贵必然要从勤奋刻苦里得到，男儿要想成功至少需要读够五车诗书。

点评

现代人冬天最惬意的事，莫过于穿着秋裤、吃着火锅、在热被窝里追剧。古人没有这样丰富的娱乐生活，他们在冰天雪地的日子，又怎么打发漫漫寒冬呢？杜甫老先生给了个答案——读书！他说："古人已用三冬足，年少今开万卷余。"意思是：如果像古人那样把冬天的时间充分利用上的话，年轻人读万卷书也是完全没问题的。这个回答相当励志了。

古人把农历十月、十一月和十二月称为"三冬"，这是一年中最冷的季节，也是农闲季节，对文人来说，正适合读书学习。杜甫这首《柏学士茅屋》大概作于唐代宗大历二年（767）。这首诗里的柏学士，其人不详。据明末清初的学者黄生研究，这首诗应该是写给柏学士的侄子柏大的，而柏大则是杜甫的朋友。

"学士"在唐朝是五品以上的官职，要佩戴银质鱼章。然而首联写到银鱼见焚、白马却走，描述的却是一段惨痛的经历——安史之乱后，柏学士失去官职，无家可归，只能栖于碧山，居于深岩，隐于茅屋。"白马"是一个典故，东汉张湛字子孝，扶风平陵（现在的陕西兴平县东北）人，后来当上了光禄勋（古代的高级官吏之一）。光武帝临朝，有时候难免会流露倦怠的神情，而张湛每次看到，都要当面劝谏，批评皇帝的过失。张湛经常骑一匹白马，皇帝一看到他，就说："白马生又来劝谏了。"后来"白马"就专指直言敢谏的人。首联将"银鱼""白马"对照来写，一方面说明柏学士地位崇高，另一方面则赞美他品行正直、敢说真话。

颔联"古人已用三冬足"是东方朔的典故。《汉书·东方朔传》："臣年十二学书，三冬文史足用。"东方朔年轻时，家境贫寒，只能利用冬天农闲的时候读书，而即便只是利用冬天的时间，他学到的文史知识，也已经足够自己一生受用了。后来，"三冬"与"读书"便成了经常搭配的典故。首联写柏学士的经历，颔联就转到了读书，这跳跃性是否有点太大了？其实，这正是杜甫写这首诗的用意。柏学士在经历了安史之乱这般重大的患难之后，依然饱读诗书、积极进取，有这样的叔父，柏大你也不好意思太落后吧？

颈联的景物描写，展现了柏学士茅屋的贫苦环境。晴天，浮云在屋顶飘荡，相聚在一起，如同车的顶盖；雨天，秋雨暴涨，水从沟渠溢出，漫过台阶，又是另一种景象。柏学士的茅屋是贫寒的，他所处的环境是艰苦的，然而在这样的条件下，他依然热爱读书，足见其勤奋刻苦。

尾联，诗人点明主旨，勉励柏大要向叔父看齐，努力读书，求取功名。"五车书"也是个典故，出自《庄子·天下》："惠施多方，其书五车。"惠施办法很多，读书也很多，读过的书要用五辆车来拉，后来就诞生了一个成语"学富五车"。

我们都知道，杜甫自己是很爱读书的，他说"读书破万卷，下笔如有神"，可知丰富的阅读量对于提高写作水平是非常有帮助的。而欧阳修平生写文章，也多利用"马上、枕上、厕上"的碎片化时间，可见勤奋、想有所成的人，大都懂得善用时间。因此，在平常的日子里，哪怕好玩的东西千千万，我们也要尽可能抵住诱惑，静下心来读书、学习。

提分秘笈

今天我们都知道"一万小时定律"——如果某人在某个领域的训练达到一万小时，一定能成为这个领域出类拔萃的专家。杜甫这首诗，说的也是"积累"的问题——利用冬天农闲的时间读书，读完万卷之书，必能在写作上下笔如有神。如果你想学业有成，也要努力精进。相信只要把功夫下到了，你的成绩一定会有大的提高。

名句

不经一番寒彻骨，怎得梅花扑鼻香。

上堂开示颂

唐·黄蘖禅师

尘劳迥脱事非常，紧把绳头做一场。
不经一番寒彻骨，怎得梅花扑鼻香。

注释

尘劳：尘念劳心，也就是世俗中操劳忙碌的心。

迥（jiǒng）脱：指远离、超脱。

紧把：紧紧抓住。

译文

超脱尘俗操劳这件事不同寻常，需要抓紧绳子之头大干一场。

不经历一番深入骨髓的寒冷，哪会闻到梅花扑鼻的芳香？

点评

很多同学喜欢在自己的课桌上贴励志语录，比如"吃得苦中苦，方为人上人""不飞则已，一飞冲天；不鸣则已，一鸣惊人""长风破浪会有时，直挂云帆济沧海"等，并且十有八九少不了这句——"宝剑锋从磨砺出，梅花香自苦寒来"。这句格言是一句民间俗语，其后半句其实脱胎于一句诗——"不经一番寒彻骨，怎得梅花扑鼻香"！这句诗就出自《上堂开示颂》。

　　这首《上堂开示颂》为唐代著名高僧黄檗（bò）禅师所作。在禅宗里，禅师经常会用类似于诗的偈语来启示教众，引导他们开悟。因此，这首诗也是黄檗禅师在禅堂上开始讲经前所念的诗偈，以让僧徒从诗里领会禅的真谛。

　　摆脱尘劳的束缚是非常不容易的事情，需要你紧紧抓住烦恼的"绳头"大干一场才能最终解开。不经历一番彻骨的寒冷，怎会迎来梅花扑鼻的芳香？不经历一番艰苦的修炼，又怎能得道开悟？

　　"绳头"，就是绳子的头。佛教常用"系缚"来比喻人处在烦恼、困扰中的状态，因此"绳头"比喻的就是烦恼、束缚的源头。梅花盛开在严冬，是岁寒三友——松、竹、梅之一，在传统文化里被赋予了高洁、坚忍、自甘寂寞的品质，因此，以梅花为喻，就是教人要自我砥砺，在艰难困苦中磨炼出高尚、坚强的品格。

　　这首诗虽然讲的是禅宗的开悟之道，但其实用在日常学习、生活中，又何尝不是一样的道理？人生总要吃一定的苦，拼搏一番，才能与理想靠得更近。而坐在课堂上的你，正值年轻有为的花季，此时不拼，又更待何时呢？

　　这首小诗很简单，也很亲切，并没有太多难以理解的内容，不过，这首诗的作者黄檗禅师却是一个很有趣的人。我们都知道，禅宗是一个非常有意思的宗教流派，它以"不立文字、教外别传、直指人心，见性成佛"为宗旨，主张直接参悟佛理，抛弃对语言文字的执着，因而这个宗派有很多看上去很奇怪的人，用很多很奇怪的方式启发人们开悟。

　　比如，黄檗禅师就很喜欢敲弟子的头。每当有弟子申请加入他的僧团，或者向他求教，他常常一言不发，拿个大棒对着弟子当头就是一棒，或者冲弟子大喝一声。而说来奇怪，就是这种一句话也不说的启发方式，竟然令很多弟子顿悟了佛法真理。因此，后来人们就把这种特别的启示方式叫作"当头棒喝"。这些言行怪诞的禅师的种种逸闻趣事，被人记录下来，就成了一个个有趣又难懂的禅宗"公案"，人们认为通过参悟公案，可以获得通往佛法的指路明灯。

当然，禅宗主张"不立文字"，并不是一个字不写，一句话不说，不然也没有黄檗禅师这首小诗了，而是说，不要执着于语言文字，不要用理性去思考佛法。诗歌常以简短的文字表达丰富的内涵，因此禅师里有不少人会用诗的语言书写高深的佛法，用巧妙的比喻带人领悟禅的真谛。

提分秘笈

我们今天有很多成语、典故，都取材于佛教禅宗，除了"当头棒喝"，还有"味同嚼蜡""空中楼阁""现身说法""皆大欢喜""顺水推舟""前因后果""借花献佛""醍醐灌顶""十恶不赦"等。佛教虽是外来宗教，但传入中国经过本土化后，不仅诞生了禅宗这样贴近中国人的宗教流派，而且对中国文化产生了深远影响。这种影响潜移默化，与中国文化深度融合，以至我们现在天天说着这些习以为常的成语，却忘了它们的最早出处是佛教。

黄檗禅师（？—855），又名黄檗希运，曾居住于江西黄檗山，故称黄檗禅师。黄檗禅师常以简明易懂的诗谒启示教众，宣扬佛法真理，是唐代禅宗支脉临济宗的得道高僧。

名句

麤缯大布裹生涯，腹有诗书气自华。

和董传留别

宋·苏轼

麤缯大布裹生涯，腹有诗书气自华。
厌伴老儒烹瓠叶，强随举子踏槐花。
囊空不办寻春马，眼乱行看择婿车。
得意犹堪夸世俗，诏黄新湿字如鸦。

注释

留别：离开某地时，写给留在那儿的亲友的诗。

麤（cū）缯（zēng）：粗制的丝织品。

大布：粗布。

厌伴：厌倦了陪着某人。

瓠（hù）叶：葫芦的叶子。

强：努力。

举子：科举时代被推荐参加考试的读书人。

囊空：贫穷，囊中羞涩。

不办：不置办新的东西。

寻：不久。

春马：春风得意马蹄疾。

行看：且看。

犹堪：犹能。

译文

粗布裹身的生活纵然尴尬，但腹中若饱藏诗书气质自然高华。

你厌倦了陪着老儒过煮菜叶的清贫生活，于是努力随着举人们考科举踏六月的槐花。

你本来囊中羞涩鞋都买不起，不过不久必然金榜题名春风得意，挑你做女婿的车会多到不可思议，来来往往看来看去让人眼花。

得意到极点你还可以向世人夸耀："皇榜上我的名字还湿着，墨黑如鸦。"

点评

今天我们谈读书，常引用一句诗："腹有诗书气自华。"这句诗激励了很多人，原来最好的气质，不是身着华服美饰，而是腹有诗书——诗书的蕴藉，会让人由内到外散发出魅力与光彩。这句千古名言就出自苏轼的《和董传留别》。

宋仁宗嘉祐六年（1061），苏轼二十六岁，考中制科后，被授予凤翔府（今属陕西省宝鸡市）签判（州府文官的一种），年末前往凤翔上任。苏轼在凤翔待了大约四年，在此期间认识了一位名叫董传的书生。董传字至和，河南洛阳人，当时在凤翔追随苏轼。董传家里很穷，但他是一个酷爱读书，并且一心想要参加科举考试的人，于是苏轼在凤翔的任期结束即将还朝之际，写了这首诗来鼓励他。

"麤缯大布裹生涯"，描写了董传一贫如洗的家庭环境。

因为穷，他一年四季都穿着粗布衣服，生活非常困窘。然而，贫穷并不能掩盖他的才华，因为饱读诗书，他由内而外自然流露出读书人雅洁、华贵的气质，这就是读书给他带来的底气和本色。

"厌伴老儒烹瓠叶"是一个典故。东汉刘昆是有名的大儒，教授弟子达五百多人，每到春秋举行典礼宴飨宾客的时候，他都要把煮好的葫芦叶子装在没有雕饰的白木器皿里，用来祭祀、宴飨，这样的生活当然是贫寒的，但却知礼有节。苏轼用这个典故，说的就是董传不满足于仅仅追随老师做学问，过清贫的生活，而是有志于和其他读书人一样参加科举考试，获取更大的功名。

"强随举子踏槐花"，源自俗语"槐花黄，举子忙"。农历六月槐花落时，来京城考试的举子如果没考中，常常不忙着出京回家，而是借住在安静的街坊庙院写新文章，以求再找入仕的机会，从这句话推测，这位名叫董传的书生有可能考过科举但未中。

"囊空不办寻春马"包含了两个典故，"囊空不办"讲的是南朝虞玩之的故事，虞玩之是南齐重臣，做官做到很大，仍非常朴素节俭，赴宴时穿的还是普通木屐。齐高帝拿过他的木屐一瞧，发现木屐又黑又破，鞋带断了还用芒草系起来。皇帝问他："这双木屐穿了多久？"玩之回答说："这是刚参加工作时买的，穿了已有三十年，我这个穷儒生一直没钱置办新鞋。"皇帝听完，感动于他的清廉，从此对虞玩之更加器重。苏轼用这个典故，一方面，想要说明董传十分清贫；另一方面，也是把他和先贤相比，赞美他贫而高洁。

　　"春马"是孟郊的诗"春风得意马蹄疾，一日看尽长安花"的缩写。孟郊四十六岁才科考中第，心情非常激动，骑着马徜徉在长安街头，看什么都觉得美。苏轼化用这句诗其实是在宽慰和鼓励董传——别看你现在一贫如洗，说不定很快你就会金榜题名、春风得意，我相信那一天不会太远。

　　"眼乱行看择婿车"和"囊空不办寻春马"对仗，也是典故。唐朝时，科举放榜之后，会在长安城的曲江边为新科进士举行宴会。那一天，很多公卿贵族都会坐着马车去观看，有女儿的人家就会在新科进士里面仔细挑选，为自己的女儿寻觅最有前途的女婿，这就是"曲江择婿"。这句诗承接前一句而写，说的是：我相信董传你不仅很快就能皇榜高中，而且在中进士后会有很多贵人争相与你联姻，你会前程似锦的。

　　"得意犹堪夸世俗，诏黄新湿字如鸦"，"诏黄"就是用黄纸写着新科进士名字的诏书，也就是俗称的"金榜题名"。"字如鸦"，化用唐代卢仝（tóng）的诗："闲来案上翻墨汁，涂抹诗书如老鸦。"形容用墨汁写成的字黑浓如乌鸦，"涂鸦"一词即来源于此。这两句诗是在想象董传考中进士后春风得意的样子，他终于可以扬眉吐气向世人夸耀自己的才华了——不信？你看那皇榜上新写的浓黑如鸦的"我"的名字，现在还墨迹未干呢！

　　这首诗巧于用典，含蓄蕴藉。"腹有诗书气自华"是对书香最好的赞美，长久以来，被人广为传诵。

提分秘笈

　　这首诗是古人所写，但蕴藏着一个现代心理学的秘密。什么秘密呢？那就是，如果你想成功，不妨在脑海中多想象一下自己成功之后的情景。比如，你想考高分，那就在脑海中想象一下自己看完考试成绩后欢呼雀跃的场景。不过，光想象成功的结果还不够，你最好同时想象一下自己为了取得成功努力奋斗的样子，并且在现实中鼓足干劲去做，那样成功才会真的光顾你！

名句

旧书不厌百回读，熟读深思子自知。

送安惇秀才失解西归

宋·苏轼

旧书不厌百回读，熟读深思子自知。
他年名宦恐不免，今日栖迟那可追。
我昔家居断还往，著书不复窥园葵。
揭来东游慕人爵，弃去旧学从儿嬉。
狂谋谬算百不遂，惟有霜鬓来如期。
故山松柏皆手种，行且拱矣归何时。
万事早知皆有命，十年浪走宁非痴。
与君未可较得失，临别惟有长嗟咨。

注释

安惇（dūn）：字处厚，四川广安人。

失解：科举落第。

栖迟：漂泊、失意。

还往：来往。

揭（qiè）来：来。

人爵：世俗人追求的官爵、爵位。出自《孟子·告子章句上》："有天爵者，有人爵者。仁义忠信，乐善不倦，此天爵也；公卿大夫，此人爵也。"

遂：顺遂。

拱：两手合抱的围度。

浪走：胡乱奔走。

宁非：难道不是。

嗟咨：慨叹。

译文

旧书读一百遍也不厌倦，熟读深思你自然知理。

以后名利官爵都少不了你，今天的失意不要再提。

我曾居家读书不和人来往，写书不看园中葵。

后来东游谋爵位，抛弃所学做官如儿戏。

谋算皆错百事不顺，只有白发不负约期。

故乡山上松柏都是我种，离开时两手合围，归去不知什么时期。

万事早知都有命运安排，十年奔走难道还不痴愚？

跟你不可以比谁得谁失，临别只有长叹息。

点评

2019 年 10 月 3 日，十五岁的天才少年泮忆铭在第 60 届国际跳棋男子世界锦标赛上斩获银牌，这是中国选手有史以来在国际跳棋赛场上取得的最好成绩。泮忆铭不仅是天才棋手，学习也刻苦勤勉，为了不把学习落下，他发明了一个特别的学习方法——把整本书都背下来。这种方法，也许不是最快的方法，但对需要大量背诵的文科来说，还是很有用的，毕竟苏轼也介绍过类似的学习方法："旧书不厌百回读，熟读深思子自知。"

苏轼在介绍这种学习方法的时候认为，人在反复读书、思考

的过程中，收获的不仅有知识、学问，还有做人的道理。这两句诗出自《送安惇秀才失解西归》。安惇是一个进京赶考的秀才，科举考试落榜了，准备返回四川老家，苏轼于是就写了这首诗来安慰这个小老乡。

苏轼可以说非常善解人意、擅长安慰人，从这首诗就可以知道。这首诗作于治平三年（1066），此时苏轼将近三十岁，距离他二十岁考中进士大概过去了十年。一个二十岁就科场得意的前辈该怎么安慰一个科场失意的晚辈呢？这就很考验情商了。

在这首诗里，苏轼第一联重申的是读书的重要性：虽然考试失败了，但还是得好好读书，反复读，熟读深思，就会明白很多道理。这其实是在鼓励安惇再接再厉。二联接着这个意思说：只要你努力了，功名肯定是少不了的，今天的失意也是暂时的。前两联可以说是正面教育，而从三联到八联，苏轼话锋一转，展开了"自黑"模式，开始分析反面教材——自己。

"我昔家居断还往，著书不复窥园葵"，用的是汉代董仲舒的典故。董仲舒学习非常刻苦专注，在读书期间，三年都不到园中看一眼，这个故事后来诞生了个成语"目不窥园"。苏轼用这个典故，说的是：自己当年读书也非常用功，用功到同亲朋好友都断绝了来往，像董仲舒一样目不窥园，最后终于学有所成。

不过，进士虽然考中了，苏轼说自己也付出了很大代价——"揭来东游慕人爵，弃去旧学从儿嬉。狂谋谬算百不遂，惟有霜鬓来如期。"为了邀取功名爵禄来到京城，学业荒废了，人也随波逐流，各种事情都不顺，年龄倒是一天天虚增，头鬓也出现了白发。

"故山松柏皆手种，行且拱矣归何时"，家乡山上的松柏都

是自己当年亲手种下的，离开家乡时，它们都快长到两手合围那么粗了，而这么多年了，也不知道什么时候能再回家乡，亲眼看一看自己种的树。

说到这里，苏轼感叹道："万事早知皆有命，十年浪走宁非痴。与君未可较得失，临别惟有长嗟咨。"如果说万事都有自己的命运，自己这十年就是在浪费光阴、四处乱走，也是痴人一个。因此，安惇秀才真要和他比，落榜也不是坏事。

苏轼这话稍微有点夸张，因为相比后来他遭遇"乌台诗案"差点丧命，晚年被贬惠州、儋州，苏轼中进士这十年，虽小有蹉跎，但还真称不上有大磨难，大可不必如此悲情。不过，他的话对于失意的安惇来说，是充满善意的。毕竟一个成功者肯放低身段，向一个失败者卖惨，还是体察到了对方的不易，这不能不说是一种高情商的表现。

提分秘笈

苏轼曾发明过一种"八面受敌"读书法：每一部经典，苏轼都会读很多遍，而每一遍，他都会专攻这本书的某一个方面。比如，第一遍专门攻读事迹、典故，第二遍专攻典章、文物等。如此多遍阅读下来，这本书就被他完全吃透、掌握了。他把这种读书法称为"八面受敌"读书法，比仅仅泛读、浏览，学得更加深入。因此可以说，苏轼自己正是"旧书不厌百回读"的践行者。

苔花如米小，也学牡丹开。

苔

清·袁枚

白日不到处，青春恰自来。
苔花如米小，也学牡丹开。

注释

恰：正。

苔花：苔藓有拟叶，拟叶伸展，如同小小的花朵，故称"苔花"。

译文

太阳照不到的地方，青春亦会自然到来。

苔花像米粒一样小，也要学着牡丹盛开。

点评

央视大型文化音乐节目《经典咏流传》第一季播出后，就唱红了一首诗。一位名叫梁俊的支教老师，带领贵州山区的留守儿童读诗识字，并登上《经典咏流传》的舞台，用天籁般的歌声演绎了清代诗人袁枚的诗《苔》，唱哭了亿万观众。有人动情地评论道："这首小诗寂寞了三百年，终于被发现了。"

苔藓本是高等植物中最低等的植物，生长在阴暗潮湿的地方，

并不会开花。尽管照不到太阳，但它依然有自己的青春和骄傲，哪怕只有绿色的拟叶，如米粒般微小，也要像牡丹一样热烈绽放。

这首小诗闪耀着积极、乐观的人性光辉，励志的主题感动了无数人。梁俊老师讲述为什么带领孩子们选唱这首诗，他说："我也是从山里出来的，不是最帅的那一个，也不是成绩最好的那一个，就像潮湿角落里的那些苔，人们看不见。但是，如果它们被显微镜放大出来，真的像一朵一朵的花，很美！这就是这首诗歌的意义，找到生命的价值，这个比我们的外表重要。"

袁枚是清代大才子，爱吃会玩懂生活。当年，他信手写下这首苔花般不起眼的小诗时，应该没有想到，几百年后，有人唱着这首小诗，如追赶流星一般，在暗夜里追逐光明和希望。

其实，在名为《苔》的标题下，原本有两首诗，这首是其一，还有其二：

> 各有心情在，随渠爱暖凉。
>
> 青苔问红叶，何物是斜阳。

"随渠"意思是随他。万紫千红的花草树木，各有各的生活感触，即便这小小的青苔很不起眼，也依然有自己的心性、情感。有的花木喜欢温暖的环境，有的花木喜欢寒凉的环境，只有这小小的青苔，内心恬淡、随遇而安，任你喜欢温暖处的花木还是寒凉处的花木，都不会打扰它内心的宁静。不只是淡泊自守，青苔还有一种发自内心的天真，它不羡慕别的花木能照到阳光，拥有无限荣耀，甚至对此毫不在意，因而，它才会漫不经心地问那被阳光宠爱的红叶，什么是斜阳啊？

这首诗可以说是第一首诗的注脚。正因为青苔内心是自信的，相信自己哪怕渺小，也有存在的价值和意义，故而它不攀比，不忌妒，不炫耀，冷暖自知，宠辱不惊，在比自己光鲜的花木面前，依然能保持自尊、自爱，别有一种骄傲。这种自信，也许就是值得我们学习的地方。

提分秘笈

如果有一篇命题作文要求你论述自尊、自信的意义，那么这首诗可以说是很好的作文素材。苔藓很不起眼，却有着自己的骄傲，其独立自尊的品格甚至不亚于国色天香的牡丹。作文若能围绕着这个主题论述，恰当引用此诗，将非常出彩增色。

袁枚（1716—1798），字子才，号简斋，晚年自号仓山居士、随园主人、随园老人，浙江杭州人，清代诗人、美食家。袁枚倡导"性灵说"，主张诗文创作应该抒写性灵，发扬个性，表现真情实感，他与赵翼、张问陶并称"性灵派三大家"。

成语
源头

司空见惯浑闲事，
断尽苏州刺史肠。

——唐·刘禹锡《赠李司空妓》

名句

桃之夭夭，灼灼其华。

诗经·周南·桃夭

桃之夭夭，灼灼其华。之子于归，宜其室家。
桃之夭夭，有蕡其实。之子于归，宜其家室。
桃之夭夭，其叶蓁蓁。之子于归，宜其家人。

注释

夭夭：桃树年轻又茂盛的样子。

灼灼：桃花鲜艳盛开的样子。

其华：就是其花。

之子：是子，这个女子。

于归：古代把丈夫家当成女子的归宿，因此女子出嫁又叫"于归"。

宜：和顺、亲善。

室家：家庭、配偶。后面的"家室""家人"，意思都相似。

蕡（fén）：果实肥大的样子。

蓁（zhēn）蓁：树叶茂盛的样子。

译文

桃树年轻枝正好，花儿红红开得妙。这个姑娘来出嫁，适宜恰好成了家。

桃树年轻枝正好，结的果儿大得妙。这个姑娘来出嫁，适宜恰好成一家。

桃树年轻长得好，叶儿茂密密得妙。这个姑娘来出嫁，适宜一家人都好。

（译文出自《诗经译注》，中华书局 2002 年版，译者：周振甫）

点评

《诗经》不仅是中国最早的诗歌总集，而且简直是部"成语大全"，"逃（桃）之夭夭""切磋琢磨""乔迁之喜"等成语都出自这部经典。由此可见，《诗经》作为中国文化的开源经典，在历史上的地位无可替代。

我们今天表示逃跑之意，常用一种诙谐的说法叫"逃之夭夭"，这个成语就是"桃之夭夭"的谐音，出自《诗经·周南·桃夭》。

"周南"是十五国风之首，是周南这一地区的民歌。所谓"周南"，大致在今天的河南洛阳以南到湖北江汉这一广大区域。据说当年周公辅佐周成王，为了便于管理国家，决定与召公划陕而治。陕即今天的河南三门峡一带。陕以西归召公管理，陕以东包括洛阳在内归周公管理。周公所管理的这片土地，即为周地，周地的南边区域即为"周南"。

关于《桃夭》的主旨，学者普遍认为这是一首祝贺新娘出嫁的歌谣。我们都知道《诗经》有"赋、比、兴"三种常用修辞手法，这首诗每章都以"桃之夭夭"开头，用的就是"比"加"兴"

的手法。所谓"比",简而言之就是打比方。像这首诗里反复出现"桃之夭夭",又依次出现"其华""其实""其叶",就是把这个新娘子比作春天里年轻茂盛的桃树,随着出嫁,生命也像桃树一样开花、结果、枝繁叶茂,这就是"比"。

与此同时,这个"比"里面还含有"兴"的意思。什么是"兴"呢?就是由一个事物联想到另一个事物的修辞手法,这两个事物之间可以有联系,也可以没有联系。比如,我们会说:"一二三四五,上山打老虎。"这句话里的"一二三四五"跟"上山打老虎",在语义上没有任何关联,而只是用押韵的前一句话引出后一句话,是为了趁韵,这就是"兴"的手法。

在这首《桃夭》里,诗人想要赞美的是新嫁娘的美丽,想要表达的是对这段婚姻的祝福,但在"之子于归,宜其室家"等实在内容的前面,他先不写新娘,不写结婚,而是先来描写桃树灼灼开花、果实肥大、枝繁叶茂这样看似无关的内容,再来引出新娘和结婚,这就是"兴"。这首诗里,"比"和"兴"的手法是同时运用的。

这首诗用极其婉转、流畅的音韵,歌唱了新娘的美好,新婚的快乐。用桃花比美人,也因此成为中国诗歌的常用意象,比如唐代崔护的《题都城南庄》:"去年今日此门中,人面桃花相映红。人面不知何处去,桃花依旧笑春风。"而后人在诗文中形容少女的姿色,常以植物为喻:杏眼、桃腮、柳眉、樱唇、梨涡、玉笋、春葱、金莲、柳腰……也是这首诗开启的传统。

这首诗还是后世"催妆诗"的开先河之作。所谓"催妆诗"

就是男子到新娘家迎娶新娘时，催促其梳洗、装扮的诗。比如，唐代徐安期就有一首著名的《催妆》诗："传闻烛下调红粉，明镜台前别作春。不须满面浑妆却，留着双眉待画人。"是不是和《桃夭》有异曲同工之妙？

今天我们在婚礼上，喜欢放《今天你要嫁给我》《最浪漫的事》这样喜庆的歌，这又何尝不是几千年后中国大地流行的《桃夭》？

提分秘笈

《诗经》六义，指的是风、雅、颂、赋、比、兴。"风、雅、颂"是从题材上来分类的。"风"指"国风"，是各地的民间歌谣；"雅"分"大雅""小雅"，指典雅的宫廷音乐；"颂"是祭祀用的音乐。"赋、比、兴"是创作手法上的分类。"比"一般都包含"兴"，而"兴"不一定包含"比"。所谓"赋"，简而言之就是铺陈，即把思想感情及其有关的事物平铺直叙地表达出来。比如，《诗经·豳风·七月》："七月流火，九月授衣。一之日觱发，二之日栗烈……"叙述农夫在一年十二个月中的生活，就是"赋"的手法。

> **名句**
>
> 有匪君子，如切如磋，如琢如磨。

诗经·卫风·淇奥

瞻彼淇奥，绿竹猗猗。有匪君子，如切如磋，如琢如磨。
瑟兮僩兮，赫兮咺兮。有匪君子，终不可谖兮。
瞻彼淇奥，绿竹青青。有匪君子，充耳琇莹，会弁如星。
瑟兮僩兮，赫兮咺兮。有匪君子，终不可谖兮。
瞻彼淇奥，绿竹如箦。有匪君子，如金如锡，如圭如璧。
宽兮绰兮，猗重较兮。善戏谑兮，不为虐兮。

> **注释**

淇奥（yù）：淇水边弯曲幽深的地方。淇，淇水，源出于
河南林州，向东流过淇县，注入卫河。奥，同"隩"，水岸深
曲之处。

瞻：看。

猗猗：美好茂盛的样子。

有匪：有文采，有才华。

切、磋、琢、磨：加工骨质器具叫切；加工象牙制品叫磋；
加工玉器叫琢；加工石器叫磨。这里用加工各种器具的方法比
喻"君子"研究学问和陶冶品行的精益求精。

瑟：矜持庄严的样子。

僩（xiàn）：威武的样子。

赫：光明的样子。

咺（xuān）：心胸宽广的样子。

谖（xuān）：忘记。

充耳：古代饰物，是一种垂在冠冕两侧用来塞耳朵的玉。

琇（xiù）：宝石的一种。

会（kuài）：皮帽两缝相合之处。

弁（biàn）：皮帽。

簀（jī）："积"的假借字，聚集。

圭（guī）：古代帝王、诸侯举行典礼时拿的一种玉器。

璧：用于祭祀的玉质环状物。

宽：宽宏而能容人。

绰：柔和的态度。

猗：同"倚"，依靠。

重较：古代车子车厢前伸出可供倚攀的弯木。

虐：过分。

译文

看那淇水弯弯岸，碧绿竹林片片连。高雅先生是君子，学问切磋更精湛，品德琢磨更良善。神态庄重胸怀广，地位显赫很威严。高雅先生真君子，一见难忘记心田。

看那淇水弯弯岸，绿竹袅娜连一片。高雅先生真君子，美丽良玉垂耳边，宝石镶帽如星闪。神态庄重胸怀广，地位显赫更威严。高雅先生真君子，一见难忘记心田。

看那淇水弯弯岸，绿竹葱茏连一片。高雅先生真君子，青铜器般见精坚，玉礼器般见庄严。宽宏大量真旷达，倚靠车耳驰向前。谈吐幽默真风趣，开个玩笑人不怨。

（译文出自《先秦诗鉴赏辞典》，上海辞书出版社1998年版，译者：姜亮夫等）

今天我们互相交流学问时，常常会说："来，我们切磋切磋。"而如果要仔细思考一个问题，我们又会说："让我琢磨琢磨。"因此，汉语里有一个固定搭配，叫"切磋琢磨"，这个成语，就出自《诗经·卫风·淇奥》。

《淇奥》这首诗，赞美的是卫国一位有才华的君子，有人认为，这个君子就是卫武公。卫武公是一位野心勃勃的政治家，他为了登上君主的宝座，曾杀了自己的兄长自立。尽管在争夺权力的斗争中，他表现得冷酷无情，不过，当上君主后，他在政治上却颇有作为，把国家治理得井井有条，百姓安居乐业，因而深受人民的爱戴。此外，卫武公还是一位很有文才的诗人，据说《大雅·抑》和《小雅·宾之初筵》就是他的手笔。

《淇奥》共分为三章，每章都从不同的方面，对卫武公的魅力详加称赞。三章的开头，都以淇水岸边的绿竹起兴，以引出君子之"德"、之"美"。中国文学传统中以竹子比喻君子高风亮节的品格，就是从这里开始的。

第一章的内容，着重赞扬君子的学问和气度。在那淇水盘曲幽深的河岸，碧绿的竹林一片连着一片。有才华的君子啊，为了精进学问，不断与人切磋；为了陶冶品行，不断精心琢磨。他的仪态庄重而又威武，他的胸怀光明而又宽容。这个风度翩翩的君子啊，看一眼你就永远难忘。

第二章的内容，着重赞扬君子的服饰之盛。在那淇水盘曲幽深的河岸，青青的竹林一片连着一片。有才华的君子啊，他耳朵边的玉石晶莹剔透，他皮帽上的宝石闪亮如星。他的仪态庄重而又威武，他的胸怀光明而又宽容。这个风度翩翩的君子啊，看一眼你就永远难忘。

第三章的内容，着重赞扬君子的德行器识。在那淇水盘曲幽深的河岸，葱茏的竹林一片连着一片。有才华的君子啊，他的器识千锤百炼，如金如锡；他的德行久经磨砺，如圭如玉。他的气度是那么宽宏柔和，他靠在车子上的风姿是那么翩然有致。他不仅有君子的厚重，还有平易近人的幽默，他非常喜欢开玩笑，但从来分寸把握得都很到位，绝不过分。"谑而不虐"也是从这里衍生出的成语。

这首诗从外在到内在，从风度到品行，把一位高贵、完美的君子刻画得形象生动。有人认为这首诗是后世"美男"文学的开山鼻祖。魏晋时期的文学中，就有大量关于美男子的描写。翻开史书，常能遇到"美姿容""美容仪""美姿仪"这样的词语来形容美男，"容貌整丽""有美形""面如凝脂""妙有姿容"等描写，也不再是女子的专属。

清代牛运震在《诗志》中点评此诗："'切磋'二语，刻画尽致。""写德行有景有情，是写生手。""'善戏谑兮'二语写雅人深致，何等风流。""连用'兮'字，顿挫咏叹，节奏悠然。"

提分秘笈

魏晋时期的嵇康以美貌著称，《世说新语》称他"身长七尺八寸""爽朗清举""为人也，岩岩若孤松之独立；其

醉也，傀俄若玉山之将崩"。北齐的兰陵王高长恭也是位漂亮的"战神"，"貌柔心壮，音容兼美"，为了避免阴柔的外表在战场上受到敌人轻蔑，他每次打仗，都要戴上面目狰狞的"面具"，为的是威慑敌人。

一日不见，如三秋兮。

诗经·王风·采葛

彼采葛兮，一日不见，如三月兮。
彼采萧兮，一日不见，如三秋兮。
彼采艾兮，一日不见，如三岁兮。

注释

葛：葛藤，其纤维可以织夏天穿的衣服。

萧：蒿类，有香气，可在祭祀时点燃做香烛。

三秋：三个秋季，共九个月。

艾：也是蒿中的一种，可供药用和针灸用。

译文

那个采葛的姑娘啊，一天看不见她，我就像过了三个月一样！

那个采萧的姑娘啊，一天看不见她，我就像过了三个秋天一样！

那个采艾的姑娘啊，一天看不见她，我就像过了三年一样！

点评

今天我们形容思念一个人度日如年的感觉，会说："一日不见，如隔三秋。"这个成语，最早的来源就出自《诗经·王风·采葛》。

"王风"就是王都之风，即周平王东迁后，都城洛邑（今河

南洛阳）一带的歌谣。《采葛》是一首思念情人的诗。"采葛"，采下葛藤，用来做夏天的衣服。"采萧"，采下香蒿，用来祭祀神明。"采艾"，采下艾草，用来针灸治病。这三件事情，都是古代女子的工作，由此可以推断，这首诗的作者所思念的，应该是一位采集植物的姑娘，这首诗应该是一首爱情诗。

这首诗反复咏唱，三章的形式基本一样，感情却是一章比一章强烈、浓厚。这个小伙子见不到心爱的姑娘，在第一章里，他的感受是：一天不见，如同三个月那样漫长；而在第二章里，他的感受就进阶到——一天不见，就像过了三个秋天——九个月那样漫长；而到了终章，他简直度日如年，一天见不到姑娘，他的心情焦灼得就像三年那样长得不能再长了。

这首诗把恋爱中那种想要和恋人朝夕厮守的急切心情刻画得非常生动。从"三月"到"三岁"，时间的延长，某种意义上也代表了感情的加深，是一种心理变化的具体表现。可能有读者要问了，第二章中，"一日不见"，为什么要如"三秋"兮？为什么不是"三春""三夏""三冬"呢？

这里面，其实有一种心理潜意识在起作用。秋天秋风萧瑟，草木摇落，登高远眺的人往往临风洒泪、见月伤心，最容易被离愁别绪所触动，如果情人在这个季节别离，那么彼此的伤感会最深最浓，因而，在诗歌中，表现离别伤怀的字句，往往会选择"秋天"这个意象。所以，这首《采葛》不仅是首爱情诗，还是中国最早的"伤春悲秋"的诗。

当然，也有人认为这首诗并不是一首爱情诗，这首诗的作者怀念的其实是他的朋友。清代方玉润在《诗经原始》里称这首诗为"千古怀友佳章"。但不管是怀念恋人，还是怀念朋友，"一日不见，如隔三秋"，已成为我们表达思念最直接、最极致的语言，它流淌在我们的文化血液中，深情、厚重、真诚！

提分秘笈

正是因为有"一日不见，如三秋兮"珠玉在前，后世的诗人简直把"伤春悲秋"发挥到了极致。宋玉的"悲哉，秋之为气也！萧瑟兮草木摇落而变衰"，写尽秋之凄怆；杜甫的"无边落木萧萧下，不尽长江滚滚来"，悲寒入骨；温庭筠的"梧桐树，三更雨，不道离情正苦"，无限凄凉；马致远的"古道西风瘦马，夕阳西下，断肠人在天涯"，更是用简洁的语言，把秋与伤心紧密相连。故而，在大多数与秋相关的诗词中，我们都能读到无尽的惆怅、相思和萧瑟，其源头正是《诗经》。

郎骑竹马来，绕床弄青梅。同居长干里，两小无嫌猜。

长干行二首·其一

唐·李白

妾发初覆额，折花门前剧。
郎骑竹马来，绕床弄青梅。
同居长干里，两小无嫌猜。
十四为君妇，羞颜未尝开。
低头向暗壁，千唤不一回。
十五始展眉，愿同尘与灰。
常存抱柱信，岂上望夫台。
十六君远行，瞿塘滟滪堆。
五月不可触，猿声天上哀。
门前迟行迹，一一生绿苔。
苔深不能扫，落叶秋风早。
八月胡蝶黄，双飞西园草。
感此伤妾心，坐愁红颜老。
早晚下三巴，预将书报家。
相迎不道远，直至长风沙。

注释

长干行：乐府诗题。长干，即长干里，在今天的江苏省南京市，为渔民商贾聚居的地方。

覆额：头发盖住额头。

剧：戏耍。

竹马：一种竹竿做的儿童玩具，孩子跨立上面，可以假装骑马。

床：井床，井边的围栏。

抱柱信：《庄子·盗跖篇》里有一则寓言：尾生与一个女子相约到桥下会面，女子尚未到来，桥下河水突然暴涨。尾生坚守信义不肯离去，最后抱着桥柱被水淹死。"尾生抱柱"后来就成为讲信用的经典故事。

望夫台：民间传说，有思念丈夫的女子登上山顶遥望其夫，天长日久化为石头，即"望夫石"，其登临远眺的高台，得名"望夫台"。

滟（yàn）滪（yù）堆：三峡之一的瞿塘峡，峡口有一块大礁石，名叫"滟滪堆"。每年农历五月，峡中水涨，没过滟滪堆，船只经过时，容易触礁翻沉。

迟：犹豫、徘徊。

胡蝶黄：古人认为，黄色的蝴蝶，在秋天出现得最多，因为感知到金秋的气息，故称"胡蝶黄"。

坐：因为。

早晚：多早晚，意思是什么时候。

三巴：地名，即巴郡、巴东、巴西，含今天的四川省东部地区和重庆一带。

预：提前。

长风沙：地名，在今天安徽省安庆市的长江边上，距南京约七百里。

译文

我的头发刚盖过额头，在门前做着折花的游戏。

你骑着竹马过来，绕着井栏玩青梅嬉戏。

同在长干里长大，我俩从小就没有猜忌。

十四岁嫁给你做媳妇，害羞得都不敢看你。

把头低向墙壁暗处，你唤我千遍都不抬起。

十五岁才舒展眉目，发誓化尘化灰都不相离。

我像尾生抱柱一样坚定，哪里想到却是上望夫台的命。

十六岁你离家远行，上瞿塘峡过滟滪堆走得匆匆。

五月水涨了，你千万不要触礁；三峡的猿声传到天上，让人心生悲哀。

门前你的脚步啊，每一个都生了青苔。

青苔多了不能扫，落叶飘下秋风来得这么早。

八月黄蝴蝶翩飞，双双落上西园之草。

看到这些我好伤心，由此发愁红颜易老。

你什么时候下三峡，早点写书信寄到家。

我迎你也不说迎太远，一直迎到长风沙。

点评

我们今天形容自幼亲密玩耍且陪伴长大的青年男女，常用这样两个成语——"青梅竹马""两小无猜"。这两个成语出自哪里呢？就出自李白的《长干行》。

《长干行》是乐府旧题，就是南京长干里一带的民歌民谣。长干里在唐朝是船家和商人聚居的地方。商人为了经商谋生，常

常抛妻别子，沿着长江各口岸城镇做生意，因此，他们的妻子就特别普遍而深刻地感受到婚姻别离的痛苦。这首《长干行》抒写的就是一个年轻"商人妇"的旖旎情思——她和丈夫青梅竹马一起长大，婚姻幸福美满，只是丈夫长年漂泊在外做生意，她因此对丈夫充满了担心和思念。

我们都知道，李白出身于四川一个商贾家庭，他的父亲李客是一个富商，在长江沿岸多个城市设有做生意的庄口。青年时代的李白仗剑出蜀后，一路的行迹，就是沿着长江上下自己家的庄口活动的。因而，当他来到金陵，和这里的商贾接触后，对他们为生计奔忙而无暇享受幸福爱情的生活，产生了深深的同情，于是就有了这首《长干行》。

《长干行》就题材而言，属于"闺怨诗"的一种。所谓"闺怨诗"，就是以女子的口吻，描写女子思念情人或丈夫的诗歌。这首《长干行》，就是一个住在长干里的商人妻子的内心剖白，她用真切而质朴的语言，讲述了自己的爱情故事，表达了对于爱情忠贞不渝、勇敢守护的强烈决心。

这首诗按照时间顺序，选取了女子人生中若干重要节点——童年、初嫁、新婚、成熟，依次展现女子的变化和成长。童年时代，她和未来的丈夫两小无猜，嬉戏玩耍，折花、摘梅，一举一动都充满童趣。而来到豆蔻年华，十四岁嫁给丈夫时，她俨然已长成一位美好而羞涩的小小少女。因为害羞而在丈夫呼唤她时说什么也不回头，只把头向着墙壁那边深深地垂下去。再来到新婚不久的日子——十五岁，她已经开始慢慢褪去青涩，稍稍有了一点成熟女子的风韵。她舒展开眉目，有了自信的表情，同丈夫的感情日益深笃。无论发生什么，她相信自己都会坚守爱情的信

义；而无论是生是死，对丈夫，她都愿相伴追随。

到了更加成熟的十六岁，她已成为一位真正的少妇，对于爱情也有了更深的理解与体会，因此，当别离来临时，她感受到深切的悲伤，也感受到满心的无奈。她会仔细叮嘱丈夫，五月里行船一定要小心，千万不要撞到瞿塘峡的滟滪堆上；她会徘徊在丈夫临行前的足迹那里，感慨丈夫经年不归，足迹已然生了青苔。望着八月双飞双栖的黄蝴蝶，她会感伤自己的孤寂；而收到丈夫即将归家的书信，她又满怀豪情，当下决定哪怕跑到七百里外的长风沙，也要去迎接心爱的丈夫。是啊，对于陷入爱情的儿女来说，七百里哪算远呢？即便天涯海角，为了一个"爱"字，又何尝不可千里奔走，义无反顾地追随？

从这首诗里，我们可以看到一个坚贞、执着，为爱痴狂的女子的形象，她可以为爱忍受寂寞，也可以为爱付出实在的行动。她有一种勇敢的人格，一种特别的坚定，这种勇敢和坚定，让她成为爱情里的主动者。

提分秘笈

李白创作这首诗，汲取了很多前人的经验和营养。有人把它和南朝民歌《西洲曲》相比，认为它有《西洲曲》婉转、流丽的情致，却没有《西洲曲》的跳跃、无序。有人把它同汉乐府《孔雀东南飞》和南朝梁武帝萧衍的《莫愁歌》相比，认为诗里的"十四为君妇""十五始展眉""十六君远行"，脱胎于《孔雀东南飞》里的"十三能织素，十四学裁衣，十五弹箜篌，十六诵诗书。十七为君妇，心中常苦悲"，以及《莫愁歌》里的"莫愁十三能织绮，十四采桑南陌头。十五嫁为

卢家妇，十六生儿字阿侯"。

　　由此可见，任何艺术都非凭空诞生，都有其传承和发扬。而我们在语文学习中，若能多注意积累、模仿、改造，亦能慢慢创造出具有个性的独特形象。

名句

司空见惯浑闲事，断尽苏州刺史肠。

赠李司空妓

唐·刘禹锡

高髻云鬟宫样妆，春风一曲杜韦娘。
司空见惯浑闲事，断尽苏州刺史肠。

注释

司空：古代中央政府中掌管工程的长官。

高髻：唐代女子发型之一，是一种把头发绾得很高的发髻。

云鬟：高耸的环形发髻。

宫样妆：宫廷里的流行装束。

杜韦娘：唐代流行的歌曲名。

浑闲事：平常事。

刺史：古代一州的地方官。

译文

梳着高耸如云的发髻，化着宫里的时尚美妆，清歌一曲春风般动人，唱的是《杜韦娘》。

李司空见惯了这样的美女，只当是平常，然而苏州刺史我啊，却因此断尽肝肠。

点评

今天，我们称一件事很常见，见怪不怪，会用成语"司空见惯"。"司空见惯"这个成语，就出自唐代刘禹锡这首《赠李司空妓》。

这首诗里的李司空，指的是李绅。据说，李绅年幼家贫，读书非常刻苦，后来当官后，也非常关切民生，写下了著名的《悯农》二首，"谁知盘中餐，粒粒皆辛苦"之句，妇孺皆知，流传千古，李绅也因此获得"悯农诗人"的美称。

然而，随着他官做得越来越大，他的生活日渐奢侈，家里姬妾成群，吃穿用度排场都很大。有一次，他在京中举办宴会，邀请即将到苏州赴任的刘禹锡到家中做客。席间，他派出几位衣饰华丽的美伎歌舞助兴，看刘禹锡对其中一位漂亮的歌伎似有欣赏之意，当即决定把她送给刘禹锡，于是刘禹锡就写了这首《赠李司空妓》以示应答。

在刘禹锡的笔下，这位歌伎梳着高高的发髻，上面缩着如云的仙鬓，还学宫廷女子化着时尚的妆容，十分妩媚。这位歌伎不仅美丽，歌也唱得好，一曲《杜韦娘》，清亮流丽，让在座所有人都如沐春风。只是，这个歌伎美则美矣，但对一位官员来说，花天酒地的生活未免有点太过骄奢淫逸。于是，联想到自己一生艰苦卓绝，同权贵战斗，却落得个一贬再贬，刘禹锡心生感慨，叹息说："李司空养尊处优惯了，对这样的浮华见怪不怪，而又被贬到苏州做刺史的我，面对这样的醇酒美色，内心却是肝肠寸断，十分煎熬。"

这个故事非常有意思，然而，必须告诉大家的是，它可能是假的。第一，遍翻刘禹锡的诗集，并没有《赠李司空妓》这首诗，这首诗可能是别人的伪作。第二，李司空是否就是李绅，也是有疑问的。虽然历史上有李绅前俭而后奢的传闻，但是李绅一生并没有加封"司空"。第三，根据刘禹锡和李绅的为官经历推算，刘禹锡做苏州刺史前后，李绅并不在京城长安，刘禹锡根本没有机会在京城参加李绅的宴会。因此，又有人把诗中的故事安在韦应物和杜鸿渐身上，因为韦应物也做过苏州刺史，这当然也并不能对上号。因而，这个故事、这首诗，虽然噱头满满，但其实并不足信。

那么，大家为什么愿意相信刘禹锡写过这样一首诗呢？首先，它犀利的风格，确实很"刘禹锡"。

刘禹锡一生傲岸、强韧，自始至终从没有向打击他的政敌、权贵低过头，是一位铁骨铮铮的硬汉。永贞元年（805），刘禹锡因为参加王叔文集团的政治革新，在改革失败后，被贬到偏远的朗州（今湖南常德）做州司马。刘禹锡在贬所一待就是十年，直到元和十年（815）才被召回京城。回京后，刘禹锡看到满朝得势的都是反对"永贞革新"的新权贵，因此不无讽刺地写了首《元和十年自朗州承召至京戏赠看花诸君子》（又名《游玄都观》）："紫陌红尘拂面来，无人不道看花回。玄都观里桃千树，尽是刘郎去后栽。"嘲讽那些新权贵的投机取巧、趋炎附势、春风得意。于是，刘禹锡受到政敌的嫉恨，很快又被贬到更远的播州（今属贵州省遵义市）当刺史，多亏朋友裴度、柳宗元向皇帝求情，最后他才被改到稍微近一点的连州（今属广东省清远市）。

此后十来年，刘禹锡一直处在贬谪的状态，先后在偏远的连州、夔州、和州当刺史，直到宝历二年（826），才调回东都洛阳。

算起来，从初次被贬到此时，他二十二年的光阴都浪费在了贬所。然而，难得的是，刘禹锡并没有因为政治生涯屡受挫折而意志消沉，相反，他一直保持着昂扬的斗志，人生的苦难也从未使他垂头丧气。

大和二年（828），他回到长安任主客郎中。此时，朝中已经发生了很大的人事变化，皇帝换了四任，曾经因为《游玄都观》诗排挤他的政敌武元衡也早就死去。刘禹锡又一次游览玄都观，有感于人事变迁，写下了《再游玄都观绝句》："百亩庭中半是苔，桃花净尽菜花开。种桃道士归何处？前度刘郎今又来。"这首诗旧事重提，向曾经打击他的政敌挑战，表达了一种决不屈服的坚强信念，可谓真正笑到了最后。

这样的刘禹锡，对于他看不惯的人和事，向来不乏讽刺、规谏的勇气。他非常擅长以讽喻诗的形式，抨击政治上的黑恶势力。比如，他在《聚蚊谣》一诗中，把镇压"永贞革新"的权臣、宦官比作"利嘴迎人看不得"的蚊子；在《百舌吟》一诗中，把口蜜腹剑的奸邪小人比作"笙簧百转音韵多"的百舌鸟，都是巧用讽刺手法，跟腐朽的权贵集团唱反调。因而，当他看到李司空过着莺歌燕舞、骄奢淫逸的生活，半带讥讽地发点"司空见惯浑闲事"的牢骚，也比较符合他的个性。

至于大家相信刘禹锡写过这样一首讽刺李绅的诗，第二个原因则在于：李绅飞黄腾达后确实有奢侈、残暴的名声。

李绅权势最大的时候，曾官至宰相。据说，随着他官位渐升，生活也慢慢豪奢起来，一顿饭就要吃掉几百贯甚至上千贯钱。又相传，他酷爱吃鸡舌，每顿饭都要杀掉几百只鸡，取舌来吃。事实上，这些传闻多是小说家言，并不符合真实的历史。那么，为什么会给李绅扣上"由俭入奢"的帽子呢？这其实跟当时的政治气候有关。李绅所处的时代，正是"牛李党争"最激烈的时期。两个阵营为了搞垮对手，不惜动用一切手段，而李绅正是李（德裕）党集团的核心人物之一。因此，为了搞臭对手，政敌散布一些抹黑对手形象的谣言，也是非常自然的事情。李绅"奢侈、残暴"的形象，不知道是不是在这时候被塑造起来的，再加上文学家的添油加醋，真实的历史就变得越来越扑朔迷离。

这首《赠李司空妓》也许不是刘禹锡写的，也许不是写给李绅的。不过，这首诗为中国语言、中国文化贡献了一个名叫"司空见惯"的成语。这个成语我们直到今天还经常使用，这不能不说是一种传承。

提分秘笈

用"司空见惯"造句：

例一：人们往往去刻意地装扮美，却忽略在司空见惯中发现美。

例二：其实我一直都懂，从一个人那里得到的，把它还给另一个人，虽不天经地义，却也司空见惯。

图书在版编目（CIP）数据

藏在名句里的诗词密码 / 常迎春著 . — 北京：中国青年出版社，2022.3

ISBN 978-7-5153-6556-5

Ⅰ.①藏… Ⅱ.①常… Ⅲ.①古典诗歌—诗歌研究—中国 Ⅳ.① I207.22

中国版本图书馆 CIP 数据核字 (2022) 第 028000 号

责任编辑：刘霜

特约编辑：周玲

出版发行：中国青年出版社

社　　址：北京市东城区东四十二条 21 号

网　　址：www.cyp.com.cn

编辑中心：010—57350508

营销中心：010—57350370

经　　销：新华书店

印　　刷：北京科信印刷有限公司

规　　格：880×1230　1/32

印　　张：8

插　　页：16

字　　数：210 千字

版　　次：2022 年 6 月北京第 1 版

印　　次：2022 年 6 月北京第 1 次印刷

定　　价：58.00 元

如有印装质量问题，请凭购书发票与质检部联系调换

联系电话：010—57350337